The Seed

시드

김형신
퓨전 판타지 소설

FUSION FANTASTIC STORY

시드 7권

김형신 퓨전 판타지 소설

초판 1쇄 찍은 날 § 2009년 12월 29일
초판 1쇄 펴낸 날 § 2010년 1월 6일

지은이 § 김형신
펴낸이 § 서경석

편집장 § 문혜영
편집책임 § 정서진
편집 § 주소영

펴낸곳 § 도서출판 청어람
등록번호 § 제1081-1-89호
등록일자 § 1999. 5. 31
어람번호 § 제1-1109호

주소 § 경기도 부천시 원미구 심곡2동 163-2 서경B/D 3F (우) 420-822
전화 § 032-656-4452 팩스 § 032-656-4453
http://www.chungeoram.com
E-mail § eoram99@chollian.net

ⓒ 김형신, 2009

ISBN 978-89-251-2039-3 04810
ISBN 978-89-251-1794-2 (세트)

김형신 퓨전 판타지 소설
FUSION FANTASTIC STORY

THE 시드 SEED

7 |리스네의 최후|
[완결]

청어람

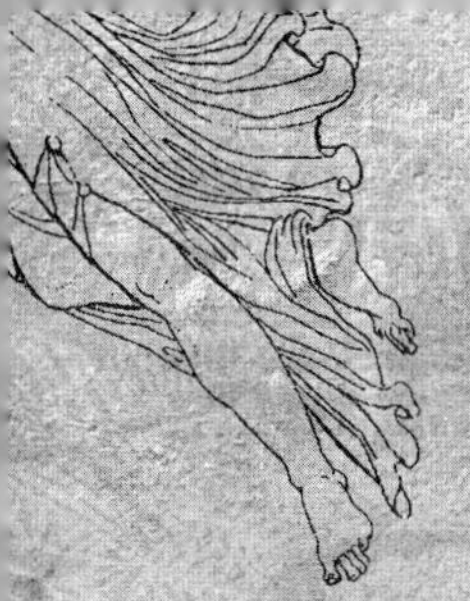

Contents

CHAPTER 01
악마의 유혹

촤아악!

파도 소리가 밀려오는 해변가에서 시드는 어금니를 꽉 깨물었다.

그런 시드의 눈동자에는 리스네의 양옆에 기절한 듯 쓰러져 있는 메리아와 샤인이 들어왔다.

"언제부터 알게 됐지?"

오는 내내 고민했었다. 그렇게 주의를 기울였음에도 불구하고 리스네는 자신들이 이곳에 왔다는 사실을 알고 있었다.

"조금 전."

"조금 전?"

시드의 눈동자에 의아함이 스쳐 지나갔다.

이때까지는 대회에서 자신이란 것을 알아차리고 미행했다고 판단했었다.

"그래, 축제에서 나의 수하가 샤인을 발견했지. 연락을 받은 나는 인상착의를 듣고 메리아와 너라고 확신했고."

'그랬던가.'

시드는 속으로 한숨을 내쉬었다.

설마 마주치지 않겠지 생각했는데 잠시 축제에 간 것이 발목을 붙잡아 버렸다.

"아쉬워."

리스네의 뜬금없는 발언에 시드는 그녀의 다음 말을 기다렸다. 하지만 리스네는 더 이상의 얘기를 하지 않았다.

단지 진정 안타까움을 담아 시드를 응시할 뿐이었다.

마탈 급에서 모든 힘을 잃고 재회했을 땐 라탈 급이었다. 그리고 지금은 더욱 성장해 있었다.

정확한 수준까지는 파악이 어렵지만 자신보다 강해진 상태였다.

'어쩌면 이세스보다 더 필요한 것을 잃은 건지도……'

시드의 잠재력은 감히 추정조차 하기 힘들 정도였다.

만약 그때 힘을 빼앗지 않고 돈독한 관계를 유지한 채 곁에 뒀더라면…….

하지만 이제 와 시간을 돌릴 수 없는 일이며, 후회해 봤자 달라지는 것은 없었다.

"시드, 참으로 오랜 시간이었어."

5년이란 시간 동안 추적하며 잡을 기회가 몇 번 있었지만 번번이 놓치고 말았다.

"그러나 이제는 끝을 내야 해."

리스네는 애증을 눈동자에 잔뜩 담아 말했다.

시드의 정신력은 카란보다 한 수 위라고 리스네는 믿고 있었다. 또한 지금 시드는 최소한 자신을 능가하는 수준이었다.

그렇기에 시드를 자신의 것으로 만들 순 없었다.

또한, 자신한테 증오가 가득한 시드가 순순히 굴복할 일도 없고 말이다.

즉, 죽여 버리는 것만이 최선이었다.

물론 카란처럼 제안을 한다면 언제든지 받아주겠지만 말이다.

"묻고 싶은 게 있다."

시드가 다크 소드를 꺼내며 묻자 리스네의 눈가가 꿈틀거렸다.

다크 소드는 마탈 급이 되어야만 사용할 수 있는 검이었다. 그렇다면 설마 마탈 급에 이르렀다는 말인가?

"뭐지?"

리스네는 애써 놀람을 감추며 되물었다.

"네가 원한 것은 나인가?"

시드가 메리아와 샤인에게 시선을 던지며 얘기했다.

둘이 인질로 잡혀 있는 상황에서 홀로 도망칠 순 없었다. 하지만 둘의 안전만 보장된다면 이 위기를 넘길 수 있을지도 몰렀다.

　물론 상대가 카란이기에 쉽지 않겠지만 말이다.

　"그래. 또한 아니기도 하지."

　"무슨 뜻이지?"

　"원하는 게 또 있다는 뜻이야."

　그 말과 함께 리스네는 샤인을 힐끗 쳐다봤다.

　"샤인?"

　"그래."

　시드의 미간이 좁혀졌다.

　"샤인도 키메라로 만들고 싶은 것이냐?"

　시드의 목소리가 살기를 품으며 차갑게 가라앉았다.

　"후후, 물론 그러기도 할 거야."

　시드는 고개를 갸웃거렸다. 그녀가 초인족에게서 원하는 것은 육체가 아니었던가?

　"그래, 아직 모르고 있구나. 샤인이 어떤 존재인지."

　리스네의 입가에 짓궂은 미소가 서렸다. 그녀는 의식을 잃은 샤인의 머리카락을 쓰다듬으며 이야기를 이어나갔다.

　"이 아이의 부모가 죽고 나는 기억 속 정보를 얻기 위해 마법을 시전했지. 죽은 자의 기억을 들여다보는 것은 금기시된 마법이었지만 말이야. 그리고 놀라운 사실을 알게 됐어."

　리스네의 목소리가 살짝 떨렸다. 그때의 흥분이 되살아나는 것이다.

　"샤인의 아버지는 다름 아닌 마르트 왕국에서 자취를 감췄던 장로였으며 샤인과 혈육도 아니었던 것이야. 즉, 양아버지라는 사실이지. 더불어 샤인은 바로 주술로 의해 만들어진 실험체였다는 것이야."

시드는 자신의 귀를 의심했다.

다른 얘기들은 중요하지 않았다. 장로이든 친부모가 아니든 이제 와 무슨 상관이겠는가. 그런데 실험체라니……?

"실험체……?"

"그래, 실험체. 많은 정보를 얻지는 못했지만 알게 된 것들로 추측은 할 수 있었지. 아무래도 당시 마르트 왕국의 장로들은 보다 강한 초인족을 원했던 것 같아. 그래서 특별히 선발된 아이들을 데리고 실험을 한 것이지. 그 실험에서 죽어가는 아이들도 있었고, 미치거나 괴물이 되는 경우도 존재했지."

시드의 꽉 쥐어진 주먹이 부르르 떨렸다.

지금 상황에서 리스네가 자신에게 거짓말을 할 이유가 없었던 것이다. 그때 시드의 머릿속으로 그 참혹한 광경이 떠올랐다. 그리고 그 속에서 울부짖는 샤인의 모습도.

"샤인은 그 실험에서 성공적인 사례였던 거야. 그로 인해 다섯 살 때부터 라탈 급의 힘을 가질 수 있게 됐지. 다만 힘을 얻으며 정신이 붕괴되고 말았어."

'그랬었구나.'

나이에 맞지 않은 놀라운 힘과 정신연령. 그 모든 것에 이유가 존재했다.

"그런 샤인을 그들이 양딸로 삼았으며, 샤인에게 정이 들면

들수록 자신들이 하고 있는 일에 후회와 죄책감이 커졌지. 결국 그들은 샤인을 데리고 마르트 왕국을 떠나게 됐고, 리샤르에 정착하게 된 것이야."

"네가 원하는 것은 뭐지?"

시드는 머릿속의 혼란을 일단 뒤로한 채 리스네에게 물었다.

지금의 얘기들이 충격적이기는 했다. 한데 리스네의 의중은 아직 밝혀지지 않았다.

그녀는 분명 육체 외에 또 다른 무언가를 원한다고 했다.

"내가 원하는 것? 후후, 글쎄… 알려줄까?"

시드가 도망칠 곳은 존재하지 않았다.

혼자 이곳에 왔으며 이미 근방은 고대의 마법이 시전된 상태였다. 이동 주문서로도 빠져나갈 수 없는 것이다.

그렇다고 시드가 카란을 이길 확률도 존재하지 않고 말이다.

물론 마탈 급에 다시 올라섰다는 점은 예상외였지만 설령 쉽지 않다 해도 자신이 있었으며 이세스가 존재했다.

즉, 현재 시드에게 펼쳐진 길은 두 가지밖에 존재하지 않았다.

이 자리에서 죽든가, 카란처럼 되든가 말이다.

그렇기에 궁금증을 해소시켜 주는 것도 나쁘지 않았다.

"심장."

"뭐라고?"

시드는 저도 모르게 되물었다. 전혀 예측하지 못한 단어가 그녀의 입에서 튀어나왔다.

"주술은 단지 강한 초인족을 만들어내기 위함이 아니었어."

리스네는 잔인한 미소를 지으며 샤인의 가슴에 손을 갖다 댔다.

"이 심장을 먹게 되면 라탈 급의 힘까지 가지게 돼. 그래서 난 이 아이의 심장을 원해."

오래전부터 많은 이들이 꿈꾸던 것이 있었다.

돈이 얼마가 들든 한 번에 얻을 수 있다면 얼마나 좋을까? 그렇다면 소울 급도 더 이상 전설로만 남지 않을 텐데.

하지만 이뤄지지 않는 꿈으로, 마나를 전수해 주는 유일한 길은 한 존재가 다른 한 존재에게 직접 마나를 전해주는 것뿐이었다.

한데 그 꿈이 눈앞에 나타났다.

비록 심장을 먹어야 하는 끔찍한 수단이지만 먹는 것만으로도 라탈 급의 마나를 얻게 되는 것이다.

"아쉬운 점은 그 주술을 알 수 없다는 거야."

리스네는 진심으로 안타까움을 느끼며 고개를 저었다.

그 장로도 거기까지는 알지 못했다. 난해한 몇 가지가 장로의 기억을 읽는 중에 떠오르기는 했지만 도무지 조합할 수가 없었다.

만약 그 주술만 알아낸다면 몇 년 뒤, 자신은 일대일로도 아폴레를 꺾을 수 있을 텐데 말이다.

‘이제는 사라진 주술······.’

리스네는 쓴웃음과 함께 미련을 떨쳐 냈다.

당시 리스네는 마르트 왕국의 4대 장로들을 찾기 위해 노력했다. 모두 장로 직에서 물러나 행방이 불투명해 쉽지 않았지만 결국은 찾아냈다.

한데, 샤인의 아버지를 제외한 둘은 이미 죽은 상태였고, 남은 한 명은 도저히 찾을 수 없었다.

주술에 관한 자료 역시 발견할 수 없었고 말이다.

“만약 내가 그 둘을 놔달라고 한다면?”

“내가 얻는 것은 뭐지?”

시드는 입술을 잘근 깨물었다. 일단 어떻게든 메리아와 샤인을 살려야 했다.

“나를 죽이기를 원하나?”

리스네의 눈동자가 반달을 그리기 시작했다.

죽이기를 원하지 않는다. 죽일 수밖에 없기에 죽여야만 하는 것이다.

“시드, 진심이야?”

리스네가 카란을 한 번 바라본 뒤 묻자 시드는 천천히 고개를 끄덕였다.

“그 둘의 안전만 확보된다면 네가 원하는 것은 뭐든지 들어주마.”

“둘이 아닌 메리아 한 명이야.”

시드는 초조했지만 티 내지 않으며 리스네를 빤히 쳐다봤다. 그 눈빛은 마치 자신이 칼자루를 쥐고 있는 듯했다.

"메리아와 샤인 둘이다."

"칼자루는 내가 쥐고 있어."

"칼자루를 쥔 이상 이득을 챙겨야지. 리스네는… 그런 여자 잖아."

리스네가 더 얘기하라는 듯 손짓했다.

"라탈 급의 힘. 더군다나 너의 힘이 된다. 분명 쉽지 않은 기회야. 하지만… 나와 비할 바는 아니지."

시드는 자신만만하게 얘기했다.

리스네는 분명 모든 것을 의심할 것이다. 지금 자신의 얘기조차도. 그렇기에 더욱 당당하게 부딪쳐야 했다.

또한 논리적으로는 타당했고 말이다.

"나를 얻으면 마탈 급의 힘을 갖게 되는 것이랑 똑같다. 카란 형님처럼."

카란의 이름이 나올 때 시드의 목소리는 날카로워졌다.

"더군다나 내가 이토록 빨리 성장할 수 있었던 모든 수단을 가지게 되는 것이기도 하지. 마지막으로… 샤인은 언제든 다시 너의 손에 얻을 수 있다. 설령 찾기가 힘들다 할지라도 내가 너의 밑에 있다는 사실을 알게 되면 먼저 찾아오겠지."

틀린 부분이 없었다. 리스네도 그리 생각하고 있었기 때문이다.

다만 치명적인 문제점이 하나 존재했는데, 시드가 스스로 죽음을 택할 수도 있다는 것이다.

그렇게 된다면 시드는 제거할 수 있지만, 오히려 샤인을 잃게 되는 꼴이었다.

시드는 어차피 꼭두각시가 아니면 죽게 되어 있었으니까.

즉, 시드의 말에 의하면 샤인을 손에 넣고 시드를 죽이느냐, 샤인을 보내고 시드를 얻느냐, 샤인도 잃고 시드도 잃느냐였다.

"너의 말대로라면 나에게는 가장 득이 되겠지. 물론 샤인도 얻고 너도 얻는다면 더 이상 바랄 게 없을 테지만… 그건 이뤄지지 않을 것이고."

"그렇다."

리스네는 잠시 동안 시드의 눈을 마주하며 생각에 잠겨들었다. 그리고 곧 결심한 듯 입가에 미소를 머금었다.

"미안하지만 샤인은 줄 수 없어."

"리스네!"

시드의 얼굴이 일그러졌다.

"이득을 챙기라고 말했지? 네가 만약 진심이라면… 메리아의 목숨을 위해서라도 그럴 수 있겠지. 너에게 샤인만이 소중한 것은 아닐 테니. 이게 내가 가장 이득을 취할 수 있는 방법이 아닐까?"

시드는 쓰게 웃었다. 그럴싸하게 말은 했지만 그녀는 빈틈을 잘 파악하고 있었다.

'이리되면 리스네는 손해 볼 것이 없군.'

현재 리스네에게 펼쳐진 길은 샤인도 얻고 자신도 얻느냐,

샤인을 얻고 자신을 죽이냐로 좁혀졌다.

'나에게는 다른 방법이 없고……'

더 우겨봤자 리스네는 양보하지 않을 것이다.

또한 어쩌면 지금의 상황에 있어 최선책인지도 몰랐다. 메리아만이라도 살리는 것이 말이다.

메리아는 리스네에게 필요하지도, 위협적이지도 않은 존재이니 약속을 지킬 것이다.

"좋다, 너의 말대로 하겠다. 단, 메리아 먼저 보내라."

"그 정도야 얼마든지."

리스네는 메리아에게서 한 걸음 떨어지며 고개를 끄덕였다.

그토록 바라던 샤인을 손에 넣었고, 시드를 얻거나 죽이게 됐는데 아무런 관심도 없는 메리아는 양보해 줄 수 있었다.

물론 메리아의 목숨을 담보로 위협할 수도 있을 것이다. 먼저 자신의 꼭두각시가 되라고 말이다.

하지만 죽을 각오라면 그런다 할지라도 죽음을 선택할 것이었고, 메리아를 보내주는 것은 아지트의 위치를 파악하기 위함이었다.

시드가 죽거나 꼭두각시가 된다고 끝나는 일이 아니었다.

시드의 곁에는 벨케를 비롯한 뛰어난 실력자들이 존재했다. 후환을 없애기 위해서는 그들 모두를 처리해야 했다.

한데 그들이 어디에 있는지 아무리 찾아도 알 수 없었다.

그렇기에 메리아의 마법 주머니에 눈으로는 구분하기 힘들 정도로 작은 크기의 추적 장치를 붙여놨다.

추적 마법을 시전할 경우 마녀에게 발각될 수 있기에.

"자, 시드, 깨우렴."

리스네가 한 걸음 뒤로 물러서며 말하자 카란이 샤인만을 품에 안은 채 그녀의 곁에 섰다.

시드는 굳은 얼굴로 천천히 메리아에게 다가갔다. 그러다 시드의 눈에 잠들어 있는 샤인의 얼굴이 들어왔다.

울컥.

무언가 가슴속에서 치밀어 올랐다.

시드는 애써 눈을 질끈 감으며 슬픔에 맞섰다.

리스네의 꼭두각시가 될 마음은 없었다. 그렇게 되면 남은 이들이 얼마나 괴롭고 가슴 아픈지 카란으로 인해 잘 알기 때문이다.

또한, 자신의 손으로 소중한 이들과 수많은 생명을 상처 입히거나 죽일 마음도 없었다.

그렇기에 시드에게 남은 선택은 단 하나였고, 만약 이 자리에서 죽을 수밖에 없다고 판단된다면…….

샤인의 생명을 자신의 손으로 꺼뜨려야 했다.

육체조차 이용당하지 않게 흔적도 없이 말이다.

"오빠……."

메리아가 울먹거렸다. 시드는 따스한 눈빛으로 그녀를 바라보며 머리카락을 쓰다듬어 줬다.

하지만 그럼에도 메리아의 표정은 밝아지지 않았다.

"싫어… 싫어……."

메리아는 고개를 저으며 작게 중얼거렸다.

순식간이었다. 복부에 충격과 함께 의식을 잃었던 메리아는 마치 긴 잠에서 깨어난 기분이었다.

그리고 눈을 뜨자마자 본 것은 다름 아닌 시드였기에 그녀는 환하게 웃었다.

무슨 일인지는 모르겠지만 시드가 구해준 것이라 믿었기 때문이다.

하나 곧 리스네와 카란, 아직도 잠들어 있는 샤인을 바라보며 메리아는 왠지 모를 불안감을 느꼈는데, 예감은 적중했다.

"나 혼자 어떻게 도망쳐."

"나 못 믿니?"

시드가 애써 자신만만한 표정을 짓자 메리아는 고개를 떨어뜨렸다.

그 누구보다 믿을 수 있는 남자란 사실을, 어떤 위험도 극복해 낸다는 사실을 잘 알고 있었다.

한데 지금은 상황이 좋지 않았다. 그래서인지 불안감도 더욱 증폭했다.

"얼른 모두를 데리고 올게……."

메리아는 슬픔을 뒤로한 채 주먹을 불끈 쥐며 말했다.

여기서 더 이상 어리광을 부려봤자 달라질 일은 없었다. 서

둘러 모두에게 사실을 전해야 하는 것이다.

그것이 지금 시드를 위해 할 수 있는 최선이자 유일한 길이었다.

"그래, 고마워."

시드는 환하게 웃으며 힘든 결정을 내린 메리아에게 진심을 담아 말했다.

그 미소에 메리아는 왠지 모르게 눈시울이 뜨거워졌지만, 더 이상 마음이 흔들리지 않게 얼른 시드한테서 시선을 뗀 후 달렸다.

시드가 알려줬다. 고대의 마법이 시전되어 있기에 범위를 벗어나서 이동 주문서를 사용해야 한다고.

"메리아."

시드는 고개를 돌리지 않은 채 그녀만이 들을 수 있도록 마나를 실어 자신의 음성을 전달했다.

연인이 됐다. 시간이 지나며 감정은 더욱 확실해졌다. 하지만 아직 해주지 못한 말이 있었다.

어쩌면 마지막이 될지도 모르는 순간, 그 말만큼은 해주고 싶었다.

"사랑해."

메리아의 움직임이 일순간 멈추며 굵은 눈물이 볼을 타고 흘러내렸다.

그러나 메리아는 돌아보지 않은 채 이를 꽉 악물고 달리기 시작했다.

시드와 리스네는 메리아가 범위를 벗어나기 전까지 아무런 말을 하지 않고 서로를 쳐다봤다.

그러다 메리아가 이동 주문서를 찢는 순간, 고요함이 흐트러졌다. 시드의 전신에서 마나와 함께 살기가 치솟았기 때문이다.

"시드, 역시 그럴 마음이 없었구나."

"알면서도 보내줬군."

"너를 향한 마지막 애정이라고 할까."

"거, 고맙군."

리스네의 속셈을 모르는 시드는 쓰게 웃었다.

"후후, 그자가 너였군."

그때 리스네가 무언가를 알아차린 듯 중얼거렸다.

시드의 전신에서 새어 나오는 어둠의 기운으로 인해 대회에 참석했던 가면을 쓴 마르트 인이 시드란 사실을 깨닫게 된 것이었다.

"내가 있을 줄 알면서도 대회에 참석하다니… 정말 시드다워. 무슨 목적이었지?"

"상금이 탐났거든."

리스네는 피식 실소를 흘렸다.

이름도 바꾸고 얼굴도 가렸기에 명예를 위해서는 아닐 것이고, 돈을 밝히는 시드였기에 충분히 그럴싸한 이유였다.

"시드… 난 항상 생각했어."

리스네가 고개를 돌려 바다 먼 곳을 쳐다보며 얘기했다. 그 목소리에는 여러 가지 감정이 담겨 있었다.

"만약 우리가 이세스가 부활한 뒤 만났다면 어땠을까. 그도 아니면 내가 이세스의 부활에 욕심을 버렸다면 어땠을까. 돈으로 맺힌 관계였다 할지라도 훗날에는 서로를 챙겨주는 사이가 될 수 있지도 않았을까 말이야."

정말 끝이라고 확신해서인지 처음 만났을 때부터 지금까지의 시간이 머릿속으로 스쳐 지나가며 기쁨과 함께 서글픔을 느꼈다.

흔히들 말하는 애증을 가지고 있었던 것일까.

"하나 짓밟은 꽃잎이 다시 피어나기를 기대할 수는 없겠지. 카란."

리스네가 부르자 묵묵히 자리를 지키고 있던 카란이 샤인을 품에서 내려놓으며 그녀를 쳐다봤다.

"죽여요."

그 말과 함께 카란의 전신에서 마나가 폭발적으로 치솟았다.

메리아가 이동된 곳은 다름 아닌 일행이 머무르고 있는 여관이었다.

메리아는 도착하자마자 눈물을 닦을 겨를도 없이 여관 문을 열고 일행을 찾았다.

"메리아?"

그녀를 가장 먼저 발견한 이는 술을 마시고 있던 벨트라였다.

그의 곁에는 전 시멘 용병단의 모두와 우드, 블스, 니콜이 함께하고 있었다.

"오빠가… 오빠가… 위험해요."

겁에 질린 채 울먹거리는 메리아의 모습에 모두의 얼굴이 순식간에 굳어졌다.

상황의 위중함을 알아차린 스피네가 다급히 에스에게 마법 통신을 했고, 에스와 프리야, 벨케와 스로우가 서둘러 내려왔다.

"무슨 일인 게냐."

프리야가 메리아의 등을 토닥이며 나긋한 어조로 묻자 메리아는 무슨 상황이 벌어지고 있는지를 설명했다.

그러자 에스가 지끈거리는 이마를 매만졌다.

사실 일행에게는 추적 마법이 시전되어 있는 상황이었다.

언제, 어디서 무슨 일이 일어날지 알 수 없는 법이었기에 대비한 것이었다.

그렇기에 시드와 리스네, 샤인이 몰래 빠져나간 사실을 알고 있었지만 내버려 뒀다.

그들이 향하는 방향이 축제의 장소였고, 정신적인 안정이 때론 최고의 휴식이 될 수도 있기 때문이다.

한데 시간이 지난 뒤에 다시 확인을 해보니 축제 장소를 벗어난 곳이었다.

그래서 마법 통신을 시도했는데 통신이 되질 않아 내심 걱정하던 참이었다.

"너희들은 여기 있거라."

에스가 벨케, 프리야한테 손짓한 뒤 남은 일행에게 말했다.

그들의 표정은 같이 가길 바라는 듯 보였지만 모두가 동행할 경우 시간이 지체될 터였다. 한 번도 가본 적이 없기에 단번에 텔레포트를 할 수도 없었다.

곧 에스와 벨케, 프리야는 빠른 속도로 시드와 샤인이 있는 곳을 향해 달리기 시작했다.

그 시각 시드는 카란과 대치한 채 마나를 끌어올리고 있었다.

"브레스를 기억하세요."

여전히 바다를 쳐다보고 있는 리스네의 말에 시드는 속으로 숨을 크게 내쉬었다.

현재 카란을 상대할 수 있는 유일한 기술은 다름 아닌 브레스였다.

하지만 일전에 에밀레를 상대하다 사용해 버렸기에 카란 역시 브레스에 대한 대비책을 세워뒀을 터였다.

'어떻게 해야 살아갈 수 있을까.'

그 무엇도 카란을 앞설 자신이 없었다. 힘은 물론 마나, 스피드까지 말이다.

그렇기에 도망칠 수도 없었으며, 또한 달아난다면 샤인도 챙겨야 했는데 그것은 불가능에 가까웠다.

즉, 카란은 물론 리스네까지 쓰러뜨리는 것만이 유일한 살

길이었다.

'죽는다 할지라도… 형님을 내버려 두지 않겠습니다.'

시드는 마나를 최대치로 끌어올렸다.

그런 시드의 두 눈동자에는 가면을 착용하고 있는 카란이 담겨져 있었다. 더 이상 리스네의 꼭두각시로 죄를 짓도록 할 수 없었다.

그리고 누군가가 카란의 목숨을 거둔다면 자신이기를 바랐다. 카란 역시 그러기를 원할 테니까.

"타하압!"

메스토의 스텝을 발휘한 시드는 순식간에 카란한테 접근해 상체를 일으키며 그의 가슴을 노렸다.

콰지직!

하나 카란의 검에 막히며 둘의 검에서는 마나의 불꽃이 피어올랐고 시드의 신형이 뒤로 밀려났다.

카란 역시 확실하게 끝내기 위해 전력을 끌어올렸기 때문이다.

치이익!

모래를 파고드는 발에 마나를 실어 멈춘 시드는 메스토의 스텝과 함께 레폰의 검술도 시전했다.

사사삭!

시드의 신형이 여럿으로 나뉘었다. 동시에 나뉘진 신형에서 수십 개의 마나의 검이 카란을 노리며 달려들었다.

콰아앙! 콰앙!

폭발과 함께 모래가 솟구쳤지만 시드는 공격을 멈추지 않은 채 그리폰의 검술도 발휘했다. 시드의 검에 거대한 마나가 모여들었다.

슈파앗!

그 순간 모래에서 솟구치며 카란이 빠른 속도로 접근했고, 시드는 사선으로 검을 그었다.

동시에 카란의 검에도 바람보다 빠르게 마나가 밀집하더니 시드의 마나를 막아섰다.

"하아, 하아!"

시드는 고개를 흔들어 이마에서 흐르는 땀을 털어낸 뒤 숨을 골랐다.

역시 카란은 대단했다. 자신이 마탈 급의 힘을 되찾은 사이 그 역시 발전해 있었다.

물론 카란 역시 마나가 적지 않게 소모되기는 했지만 자신만큼은 아니었으며, 아직 그와 대등한 접전을 펼칠 수 없다는 사실이 뼈저리게 와 닿았다.

'역시 브레스밖에 없는 것인가!'

강한 이를 무너뜨릴 수 있는 최대의 기술.

다만 문제는 카란은 브레스에 대해 알고 있기에 쉽사리 먹히지 않을 것이라는 점이었다.

'어떻게든 기회를 만들어야 한다. 그리고……'

시드는 힐끔거려 샤인의 위치를 파악했다.

브레스를 적중시킬 경우 카란은 쓰러뜨릴 수 있지만 모든 마나가 소진된다. 그렇기에 시드는 샤인을 죽일 수 있는 다른 방법을 생각해 냈다.

다름 아닌 금기의 수법이 바로 그것이었다.

어떤 위험이 초래할지 모르지만 브레스를 쓴 이상 이미 죽은 목숨과 다를 바 없었다.

라탈 급의 리스네를 맞설 수 없으며, 그녀가 자신을 살려두지도 않을 테니.

또한 일행이 아무리 빨리 온다 해도 텔레포트로 단번에 오지 않는 이상은 시간이 필요했는데, 그 시간을 끌 여유가 존재하지 않았다.

콰아앙!

시드와 카란의 검이 허공에서 X 자로 교차했다.

시드는 공격을 하는 척 쇄도하면서 브레스를 시전할 기회를 찾는 데 더욱 집중했다.

마나가 소진되면 소진될수록 브레스의 위력이 줄어들기에 서둘러야 했다. 방어에도 마나가 사용되고 있으니 말이다.

그때 일행을 의식해서인지 리스네가 빨리 끝내기를 원하는 순간, 시드는 오싹함을 느끼며 다급히 돌아섰다.

카란이 순간적으로 뒤로 이동했는데 그의 검에 맺혀진 마나는 감히 감당하기 힘든 수준이었다.

마치 한 줌의 마나도 남기지 않은 채 모두 검에 밀집시킨 것 같은 거대함!

곧 어마어마한 불꽃과 같은 마나에 휩싸인 검이 시드의 신형으로 내려쳤다.

'하, 하하!'

모래들의 흔적도 남지 않은 해변.

시드는 만신창이가 된 몰골로 곳곳에 금이 간 지면에 누워 하늘을 쳐다봤다.

부상으로 인해서 뿐 아니라 마나가 한 줌도 남지 않아 손가락을 움직일 기력조차 존재하지 않았다.

카란의 일격을 막기 위해 브레스를 쓴 탓이다.

물론 그로 인해 카란 역시 폭발의 영향을 피할 수 없었지만 움직일 수는 있었다.

'이렇게 끝나는가.'

시드는 쓰게 웃었다. 공격의 용도로 써야 할 브레스를 수비로 쓰게 될 줄이야.

이 상황이면 카란은 물론 샤인조차도 죽여줄 수 없게 된다.

금기의 수법을 쓴다 할지라도 카란에게 막힐 테니 말이다.

'샤인은 차라리 휩쓸렸어야 하는데……'

주변의 지형 자체를 변화시킬 정도의 위력이었다.

모래는 물론 엄청난 해일이 일어났으며 일부 물을 증발시키기도 했다.

하나 미리 대비하고 있던 리스네로 인해 샤인도 무사한 상태였다.

쏴아아!

차가운 바람이 불었다. 그와 함께 점점 접근해 오는 카란의 발소리가 들렸다.

그런 카란의 검에는 마나가 맺혀 있었는데 현재 상태의 시드를 베기에는 충분한 수준이었다.

'이렇게 죽을 수 없는데…….'

시드는 불가능하다는 사실을 알면서도 되뇌었다.

부모님을 찾지도 못했으며 메리아도 혼자 두게 된다. 카란은 변함없이 리스네의 꼭두각시로 악행을 일삼을 것이고, 샤인은 심장을 뺏기고 키메라가 될 터였다.

살아야 하는데, 살아야 하는데…….

하지만 몸 상태가 너무나 좋지 않았다. 굳이 카란이 죽이지 않아도 시간이 지난다면 저절로 죽게 될 부상을 입었다.

이런 상황에서도 살기를 바라는 것은 그 무엇으로도 이뤄질 수 없는 꿈과 같았다.

그때였다, 내면 깊숙한 곳에서 목소리가 들린 것은.

"살고 싶은가."

처음 시드는 죽음에 직면하자 환청을 들은 것이라 착각했다. 그런데 소름 끼치도록 낮고 거친 목소리는 계속됐다.

"힘을 원하는가."

"너로군."

시드는 그제야 목소리의 정체를 알아차릴 수 있었다.

바로 자신의 깊은 곳에서 잠들어 있다 느껴지던 악마였다.

"다급했나 보군. 깨어난 것을 보니. 커억!"

"네놈의 몸이 더 다급한 것 같은데?"

악마의 비웃음이 섞인 발언을 들으며 시드는 피를 토해내기에 바빴다. 더 이상은 말할 기력도 존재하지 않았다.

"나의 손을 잡아라."

그 말과 함께 시드의 눈앞에 검고 흐릿한 악마의 손이 나타났다.

다가오는 카란에게 아무런 변화가 없는 것을 보니 자신한테만 보이는 듯했다.

"잡는다면……?"

"잠시 나의 힘을 빌려주지."

"나를 지배하기 위해서가 아니고?"

시드는 갈등했다. 살기 위해서라면 악마에게라도 의지해야 했다. 하나 문제는 만약 악마가 자신의 육체를 차지한다면?

리스네의 꼭두각시가 되는 것보다 더욱 존재해서는 안 될 일이었다.

"지금은 아니지. 네놈의 정신이 붕괴되지 않았으니 아직은 쉽지 않다. 단지 발판은 만들어진다."

"발판?"

"네놈의 영혼을 잡아먹을 수 있는 발판. 그 정도면 목숨의 대가치고는 괜찮은 거래가 아닌가?"

악마는 거짓말을 하지 않는 것 같았다.

만약 지배할 수 있는데도 거짓으로 자신을 안심시키려 했다면 발판을 만든다는 발언조차 하지 않았을 것이다.

또한 악마도 다급한 상황일 테다. 자신이 죽으면 그조차도 사라지게 될 테니.

꿈틀.

시드의 손이 움직였다. 이로 인해 악마가 자신을 지배할 확률이 높아진다 해도 처음처럼 맞서서 이기면 된다.

아니, 만약 위험을 느낀다면 그때 목숨을 끊어도 될 것이다.

적어도 지금은 살아야 했다. 리스네가 바라는 모든 것이 이뤄지도록 할 수 없었다.

"좋다. 제안을 받아들인다."

결국 시드는 힘겹게 손을 들어 올려 눈앞에 나타난 악마의 손을 마주 잡았다.

그와 함께 검은 마나가 시드의 전신을 뒤덮었다.

"뭐, 뭐지?"

좀처럼 당황하지 않는 리스네가 표정을 일그러뜨리며 중얼거렸다. 가면 속에 가려진 카란의 눈동자에도 놀라움이 스쳐 지나갔다.

그뿐 아니라 해변 전체를 뒤덮는 끔찍한 어둠의 기운에 수면 마법에 걸려 굳게 닫혀 있던 샤인의 두 눈이 떠지기 시작했다.

"하아, 하아, 으아악!"

검은 안개와도 같은 기운에 가려진 시드의 입에서 괴성이 터져 나왔다.

마치 죽기 직전의 짐승의 울부짖음과도 같은 그 괴성은 듣는 이들로 하여금 등골을 오싹하게 만들 정도였다.

'위험해.'

지금 시드에게 무슨 일이 펼쳐지고 있는지 리스네는 정확히 알 수 없었다.

하지만 온몸의 본능이 부들부들 떨며 경고하고 있었다.

번쩍!

푸른빛이 리스네의 앞에서 번쩍이며 사방으로 퍼져 나갔다.

직감을 따르기로 한 리스네가 이세스의 플루닉을 소환한 것이었다.

쿠우웅!

곧 거대한 이세스의 플루닉이 리스네를 호위하듯 그 앞에 자태를 드러냈고, 카란 역시 리스네의 곁으로 자리를 옮겼다.

치이이.

어둠의 기운이 걷히자 전신에서 검은 수증기를 내뿜는 듯한 시드의 모습이 드러났다.

두 눈이 검게 물든 것을 제외하고는 이전과 외형적 차이는 존재하지 않았지만 리스네는 알 수 있었다.

이때까지 자신이 알고 있던 시드가 아니라는 사실을. 마치 다른 존재가 그의 몸을 빌린 것 같은 느낌이었다.

그리고 시드의 전신에서 퍼져 나와 세상을 압도할 듯한 거대한 마나.

믿을 수는 없지만 리스네는 확신했다. 그 최강의 남자라 불리는 벨케와도 맞먹는 수준이라고!

"히유?"

시드를 바라보는 샤인의 두 눈동자가 크게 흔들렸다.

자신이 왜 리스네와 카란과 함께 이곳에 있는지는 중요하지 않았다.

그녀에게 있어 친구이자 오빠, 부모와 다름없었던 시드에게서 하염없는 공포를 느꼈으며, 그 공포는 두려움이 됐다.

다시는 진짜 시드를 볼 수 없을 것 같은…….

"하아……."

시드의 입에서 숨결이 새어 나왔다. 그와 함께였다.

스파앗!

카란조차 따라갈 수 없을 정도의 속도로 시드가 움직였다.

"시, 시드……."

리스네는 식은땀을 흘리며 어느새 자신의 곁에 나타난 시드를 힐끔거렸다.

슈우욱! 사악!

그런 시드를 향해 먼저 반응한 이세스와 카란의 공격이 이어졌으나, 시드는 샤인만을 품에 안은 채 재빠르게 벗어났다.

털썩!

"히유! 히유!"

"크아! 크아아!"

샤인을 지면에 던지듯 내려놓은 시드는 샤인의 애달픈 부름도 외면한 채 괴성을 질렀다.

그럴 때마다 시드의 기운은 더욱 강대해졌으며, 어둠의 기운도 짙어져 갔다.

'빌어먹을.'

리스네는 고민에 잠겼다.

이럴 줄 알았더라면 시드가 변화하고 있을 때 샤인과 함께 벗어나는 것이었는데…….

'어쩔 수 없지.'

지금의 시드는 두려움마저 느껴질 정도였다.

카란의 힘이 많이 빠진 지금 이세스와 함께할지라도 승패를 장담할 수 없었다.

또한 빠르게 처치하지 못한다면 시드 일행이 도착할 수도 있었다.

그럴 경우 마녀의 실력으로 보아 오히려 곤란한 상황이 벌어질 것이다.

'다음에는 기필코.'

리스네는 분한 얼굴을 감추지 않은 채 시드를 노려봤다.

상관없다는 듯이 내던졌지만 시드의 위치는 샤인을 가리고 있었다. 지키겠다는 의지였다.

"돌아가죠!"

결국 리스네는 샤인을 포기하기로 결정한 채 이세스를 역소환하며 카란에게 외쳤다.

곧 리스네와 카란은 그녀의 텔레포트 마법과 함께 모습을 감췄다.

"히유……."

샤인은 본능적인 두려움으로 인해 겁에 질려 있었지만, 또 다른 본능이 시드를 향해 손을 뻗게 만들었다.

'샤인… 샤인…….'

그런 샤인을 바라보며 아무런 반응도 하지 않는 시드. 하지만 정신 속에서는 치열한 다툼이 벌어지고 있었다.

"죽여. 죽여. 죽여 버려!"

"닥쳐! 닥쳐!"

악마와 손을 잡은 이후부터 끊임없는 유혹이 펼쳐지고 있었다.

샤인을 구할 수 있었던 것도 시드의 놀라운 정신력이 있었기에 가능한 일이었으며, 지금도 마찬가지였다.

유혹뿐 아니라 전신에서 피를 원하고 있었다.

붉은 피. 그 피로 몸을 적시고, 타오르는 듯한 갈증을 해소하고 싶었다.

그뿐 아니라 샤인의 연약해 보이는 육체를 갈기갈기 찢어 씹고 싶었다.

잠시이지만 악마와 융화된 지금, 어둠의 본능이 그리하라고 외쳐 댔다.

하나 시드는 버티고 또 버텼다. 절대 악마에게 지배당할 수 없었다. 자신은 샤인과 함께 살아서 돌아가야 했다.

“이성이 남아 있는 아직은 무리인가.”

그때 악마의 체념한 듯한 목소리가 들렸다. 그런데 실망하기보다는 예상했다는 듯한 말투였으며, 오히려 즐거움마저 배어 있었다.

“기회는 또 올 테니깐… 그때를 기대하겠다.”

악마의 목소리가 점점 멀어져 가자 시드는 전신에서 힘이 빠지는 듯한 기분이 느껴졌다. 그리고 점차 의식이 사라져 갔다.

“히유! 히유!”

샤인의 울먹이는 듯한 애탄 부름만이 귓가를 맴돌았다.

CHAPTER 02
맛있는 시드 씨

"으윽."

시드는 신음과 함께 두 눈을 떴다.

"여기는……."

시드는 천천히 주위를 두리번거렸다.

짙은 어둠이 내려앉아 있었지만 곧 적응되었는데, 자신의 숙소였다.

정신을 잃고 있는 동안 마르트 왕국에 위치한 크라운 섬으로 돌아온 것 같았다.

"메리아……."

그리고 곧 자신의 곁에서 들리는 호흡을 알아차린 시드가 고개를 돌리자 그곳에는 나무 침대에 기대 잠이 든 메리아가 보였다.

그뿐 아니라 그녀의 발치에는 샤인이 바닥을 뒹굴며 잠들어 있었다.

그 광경에 시드는 저도 모르게 웃음이 새어 나오며 자신의 몸 상태를 체크했다.

예상보다 몸 상태는 나쁘지 않았다. 심각한 부상도 대부분 나아 있었으며, 아무런 문제가 없는 듯했다.

'그때……'

악마와 융화가 되면서부터 몸의 부상이 빠른 속도로 치유되고 있다는 사실을 느꼈었다. 악마가 다시 잠들면서 회복은 멈췄지만 그로 인해 큰 위기를 모면할 수 있었다.

'어떻게 해야 할까.'

시드는 자신의 침대에 조심스럽게 메리아와 샤인을 눕히고 이불을 덮어준 뒤 창가에 서서 고민에 잠겼다.

악마가 자신을 노리고 있다는 사실을 알려야 할지 말아야 할지 갈등됐다.

알리자니 걱정을 끼치고, 카네치 추기경이 어떤 조치를 취할지 알 수 없었으며, 비밀로 하자니 두려웠다.

만약 분노와 증오로 인해 이성이 붕괴됐을 때 미처 자살도 하지 못하는 그 순간 악마가 손을 뻗는다면……?

그때도 자신이 이겨낼 수 있을까.

그때도 끔찍한 갈증과 유혹을 버텨낼 수 있을까.

창문을 내다보며 시드가 한숨을 쉬던 그 순간이었다.

“하아, 컥!”

순간 움찔했던 시드는 멍한 눈빛으로 창문 밖을 응시했다. 그곳에는 양반다리를 하고 거꾸로 공중에 떠 있는 벨케가 자신을 바라보고 있었다.

“뭐 하시나요?”

“운동 중이다.”

“거참, 멋진 운동이구려.”

“으하하! 깨어났느냐?”

벨케가 웃음을 터뜨리며 창문을 열고 들어오려 하자 시드는 고개를 저으며 자신이 밖으로 나갔다.

메리아와 샤인의 잠을 방해하고 싶지 않았기 때문이다.

“어떠냐?”

“괜찮아요. 이렇게 빨리 치료가 될 줄은 몰랐어요.”

밖으로 나와 새벽이 내려앉은 길을 걸으며 시드는 진심으로 감탄하며 얘기했다.

자신이 몇 시간이나 잠들어 있었는지 모르겠지만 치료가 너무나 완벽했다. 아무리 악마로 인해 위험을 넘겼다 해도 말이다.

“열흘이다.”

“네?”

“네가 의식을 잃고 있던 시간이 열흘이라고.”

시드가 두 눈을 깜빡였다. 푹 잠든 것 같은 느낌을 받기는 했지만 열흘이나 지났다니…….

“무슨 일이 있었지?”

벨케가 진지한 어투로 묻자 시드는 숨을 길게 내쉬었다.

열흘이나 깨어나지 않았다면 그들로서는 대단히 걱정했을 터이다.

그래서 다른 문제가 있었으리라 믿었겠지만 찾지 못해 벨케가 물어보는 것이고 말이다.

결국 시드는 사실을 말하기로 결심했다.

"악마와……?"

"네. 그 순간 제가 발휘한 어둠의 기운은 벨케님과 맞설 정도였어요. 아무래도 그로 인한 것 같습니다."

시드는 그날 있었던 일을 알려준 뒤 추측하며 얘기했다.

"카네치를 만나야 하는 것인가."

사태의 심각성을 감지한 벨케가 턱을 매만지며 중얼거렸다. 악마가 잠에서 깨어난 것은 중대한 일이었다.

'나와 맞설 정도라 했지만… 악마의 힘은 그 정도가 아니다.'

벨케는 악마와 처음 대면했을 때를 떠올렸다.

그 악마가 시드의 육체를 지배하고 진정한 힘을 발휘한다면……. 상상만 해도 끔찍했다.

"그래야겠죠."

카네치가 알게 된다면 어떤 결과가 나올지 알 수 없으나 시드는 벨케의 의견에 동의했다.

잠시 후 홀로 남게 된 시드는 해변을 찾았다.

익숙한 풍경이 시야에 펼쳐지며 시원한 바람이 살짝 비릿한 바다 내음을 전달해 줬다.

'안 되는구나.'

모래사장에 앉은 시드는 두 눈을 감은 채 악마와 대화를 하기 위해 노력했으나 뜻대로 되지 않았다.

아무리 부르고 마나를 일으켜 봐도 방법이 잘못된 것인지, 아니면 악마가 원하지 않아서인지 침묵만이 돌아올 뿐이었다.

'나는 어찌해야 될까.'

시드의 머릿속은 복잡해졌다.

악마로 인해 살아난 것은 사실이지만 시한폭탄을 안고 숨 쉬는 것과 다를 바 없었다.

'망설이지 말아야 할 텐데……'

악마에게 잡아먹히지 않는 방법은 계속해서 이겨내든가 혹은 패배를 직감할 때 스스로 목숨을 끊는 일이었다.

하지만 그 무엇도 쉬운 일은 아니었다.

"에잇, 모르겠다."

한참 동안 파도를 쳐다보던 시드는 소리를 지르며 모래사장에 누워 하늘을 쳐다보며 중얼거렸다.

"열흘… 열흘……?"

그러다 잊고 있던 무언가를 떠올린 듯 시드는 손뼉을 치며 자리에서 일어서더니 황급히 숙소를 향해 달려갔다.

그리고 잠시 후, 흐뭇하게 자신의 숙소로 돌아가는 시드의 두 손에는 우드의 거대한 꼬리가 들려 있었다.

햇살이 비치는 침대에 앉아 시드는 메리아를 내려다보고 있었다.

벨케의 말에 의하면 메리아와 샤인은 열흘 내내 자신의 곁을 떠나지 않으며 간호했다고 한다.

'창피하네.'

시드는 붉어진 얼굴로 머리카락을 긁적였다.

열흘 내내 땀을 많이 흘렸다고 했는데 그 땀을 닦아준 게 다름 아닌 메리아였기에.

원래는 다른 이들이 하려고 했지만 메리아가 꼭 자신이 하겠다고 나서서 어쩔 수 없었다고 한다.

'많이 부끄러웠겠지.'

시드는 메리아의 머리카락을 쓰다듬어 줬다.

엉큼한 의도가 아닌 사랑하는 사람의 몸을 자신이 닦고 싶은 바람이었을 것이다.

그렇기에 메리아 역시 두근거리는 가슴을 진정시키기 위해 노력했을 테고.

'으하하! 설마 실망하지는… 잠깐…….'

환하게 웃던 시드의 얼굴이 굳어지며 천천히 벽 쪽으로 향했다.

"오빠… 오빠……."

그때였다. 메리아의 목소리와 함께 시드는 화들짝 놀라며 고개를 돌렸다.

하지만 다행히도 메리아는 잠에서 깬 것이 아니라 잠꼬대를 하고 있었다.

무슨 기분 좋은 꿈을 꾸는지 입가에는 환한 미소가 맺힌 채 말이다.

'나는 무슨 생각을 한 것인지…….'

시드는 과도하게 앞서 나갔던 자신을 자책하며 메리아의 곁으로 다가가 앉았다.

메리아의 얼굴은 자신보다 더욱 수척해져 있었는데, 문득 그 모습이 가슴 아프면서도 하염없이 사랑스럽게 느껴졌다.

스으윽.

시드의 손길이 메리아의 새하얀 볼을 어루만졌다.

그러면서 메리아가 깨어나면 무슨 말로 맞이할까 머릿속으로는 갈등을 하다, 문득 메리아의 도톰하고 붉은 입술이 눈에 들어왔다.

두근두근.

의식을 하기 시작하자 가슴이 세차게 뛰기 시작했다.

연인이 된 이후 키스는 몇 번 한 적이 있었는데, 할 때마다 묘한 기분과 함께 심장이 터질 것 같았다.

한데 잠든 메리아의 입술을 내려다보는 지금도 그러했다.

어쩌면 다음의 행동을 마음은 이미 알고 있는지도 몰랐다.

스으윽.

시드의 얼굴이 메리아와 점점 가까워졌다.

그럴수록 그녀의 호흡 소리가 크게 들리기 시작했고, 입에서 나온 숨결이 코끝을 간질였다.

동시에 시드의 얼굴은 점점 붉어졌으며, 심장은 한차례 치열한 전투를 펼친 듯 격렬한 떨림을 전달했다.

곧 시드와 메리아의 입술이 하나로 포개졌다.

벌컥!

"마스터! 깨어났다며!"

"치사하게 자는 오로라를 깨워서 그 짓을 하냐!"

"벨케에게 얘기 들었다. 오후에 카네치 추기경을 만나러 가도록 하지."

"허허, 몸은 괜찮은가?"

"……."

방문이 벌컥 열리더니 벨트라의 목소리가 들렸다. 그 뒤를 이어 우드와 에스, 프리야 공작의 목소리도 들렸다.

그리고 방 안은 정적에 휩싸였다.

시드는 차마 돌아보지도 못했다. 그뿐 아니라 몸이 돌처럼 굳어 메리아의 입술에서 자신의 입술을 뗄 수조차 없었다.

극도의 충격으로 인한 패닉 상태에 빠진 것이다.

"어머, 시드가 팔팔한가 보네. 깨어나자마자 자는 메리아를 덮치고 있었어?"

"앞으로는 정력에 좋은 요리를 해야겠군."

짓궂은 스피네와 진지한 아이니의 목소리까지 들린 그 순간, 메리아가 천천히 눈을 떴다.

"으음?"

메리아는 두 눈을 껌뻑였다. 지금의 상황을 파악하기 위해 노력했다.

시드가 자신에게 입을 맞추며 내려다보고 있었다. 현실에서는 절대 그가 하지 않을 법한 일.

'꿈이구나.'

얼굴이 붉어졌던 메리아는 확신과 함께 시드의 목덜미를 끌어안았다.

시드처럼 그녀 역시 아직은 부끄러움을 많이 타 애정 표현을 잘 하지 못했었기에 꿈에서만이라도 용기를 내보고 싶어서였다.

그 착각과 함께 이어지는 메리아의 저돌적인 키스와 발언!

"오빠… 입술… 맛있어……."

"메, 메리아……."

시드는 왠지 모를 기분 좋은 흥분을 느꼈으나 지금은 그게 중요한 것이 아니었기에 눈짓으로 방문 쪽을 계속 힐끔거렸다.

그때야 메리아 역시 무언가 잘못됐다는 사실을 깨닫고 천천히 고개를 돌렸다. 그리고 볼 수 있었다.

눈이 반달이 되어 쑥덕대다가 방문을 빠져나가는 무수히 많은 사람들을.

그날 이후 한동안 시드는 '맛있는 시드 씨'라 불렸다.

"들어오라 하십니다."

시종장의 얘기와 함께 거대하고 넓은 왕실의 문이 열리며 내부의 광경이 시드의 눈에 들어왔다.

그곳에는 바에튼과 시란이 마주하고 있었는데, 시드를 보자 둘 다 환하게 웃으며 자리에서 일어섰다.

"나가 있겠습니다."

시드와의 관계를 잘 아는 시종장은 고개를 살짝 숙인 채 왕의 집무실 밖으로 나갔고, 시란이 다가와 걱정스런 얼굴로 시드를 바라봤다.

"괜찮으세요?"

"네. 괜한 걱정을 끼쳐 드렸네요."

시드가 멋쩍은 웃음을 흘렸다.

열흘 동안 바에튼과 시란이 찾아왔었고 걱정을 떨치지 못했다는 얘기를 전해 들어 알 수 있었다.

"아니에요. 다행이에요. 정말……."

시란의 걱정에 시드는 따스함을 느꼈다.

그때 해변가에서의 대화, 그리고 메리아와의 일. 혹시나 관계가 어색해지지 않을까 걱정했는데 괜한 기우였다.

시란은 변함없는 모습으로 자신을 바라봤고, 걱정해 줬으며, 메리아와의 사이를 진심으로 축하해 줬다.

그 속은 쓸쓸함과 서글픔이 자리 잡고 있겠지만 그녀는 언제나 그 누구보다 맑게 웃어줬다.

"그래, 무슨 일인가?"

바에튼과도 짧은 인사를 나눈 뒤 소파에 앉자 그가 차를 한 모금 마시며 물어봤다.

벨케를 통해 시드가 자신과 만나고 싶어 한다는 얘기를 전해 들었지만 아직 그 이유를 알지 못했다.

"아, 알아보고 싶은 게 있어서요."

"뭔데요?"

시란이 호기심을 감추지 못하며 되물었다.

시드는 블스를 통해 웬만한 정보망을 갖추고 있었다.

대륙의 모든 일을 원한다면 알 수 있을 정도였고, 특히 마르트 왕국 내에서는 더욱 그러했다.

그런 시드가 도움을 요청할 정도라면 블스조차도 알아낼 수 없는 일이란 것인데, 곰곰이 생각해 봐도 그 경우는 많지 않았다.

"맛있는 시드 씨, 얘기해 보게."

"컥! 어, 어찌!"

시드가 살짝 망설이자 바에튼이 짓궂은 얼굴로 농을 건넸고, 시드는 하마터면 삼키려던 차를 내뿜을 뻔했다.

맛있는 시드 씨라 불린 것은 불과 조금 전이었다. 한데 왕궁에 있는 바에튼이 알고 있다니…….

"조금 전 벨케에게서 마법 통신이 왔었다네. 허헐."

'이 인간이 정말!'

시드는 얼굴이 붉어지는 것을 느끼며 쓴웃음을 흘렸다.

출발하기 전 벨케가 묘한 얼굴로 키득대며 사라졌었는데, 대륙 전체에 소문낼 기세인 듯했다.

"맛있는 시드 씨요?"

하나 시란은 모르는 듯 바에튼과 시드를 두리번거렸고, 혹시나 바에튼이 설명할까 봐 시드는 다급히 본론을 꺼냈다.

"왕궁의 기록을 보고 싶습니다."

"으음?"

바에튼이 뜻밖의 부탁이라는 듯한 표정으로 시드를 바라봤다. 그것은 시란 역시 마찬가지였다.

바에튼은 다른 이가 부탁했더라면 안 된다고 거절하거나 바로 이유를 되물었겠지만, 시드이기에 그가 모든 것을 말하기까지 기다렸다.

"정확한 사정은 설명드릴 수 없습니다. 다만… 꼭 알아보고 싶은 것이 있습니다."

시드가 이유를 배제하며 말하자 바에튼이 난처한 듯 수염을 매만졌다.

하지만 그 사실을 알면서도 시드는 샤인에 대해 말하고 싶지 않았다.

"이유를 말할 수 없다면 보여줄 수 없네. 왕궁의 기록은 왕족만이 볼 수 있는 것이니 말이네."

"그렇군요."

이런 상황도 예상했지만 시드는 아쉬움을 느꼈다.

진정 사실인지, 만약 사실이라면 되돌릴 수 있는 방법은 없는지, 또한 그 끔찍한 주술이 정말 사라졌는지 알고 싶었다.

"그러나… 자네는 예외겠지. 보고 오겠나. 시란."

"알겠어요."

바에튼이 인자하게 웃으며 말하자 시드의 얼굴이 밝아졌다.

곧 시드는 시란을 따라 왕궁의 비밀 금고로 들어가 세세한 모든 기록들을 볼 수 있었다.

직사각형으로 이뤄진 밀실. 그곳에서 네 명의 남녀가 마주 보고 있었다.

여자 두 명은 다름 아닌 아폴레와 리스네였으며, 남자 둘은 아카리의 사자라 불리는 붉은 머리카락의 웨이토와 현재 아카리의 지배자이자 현 왕인 갈락스였다.

갈락스는 검은 머리카락과 수염을 길렀고, 50대 중반으로 보이는 외형이었으며, 위압감이 남달랐다.

"계획을 변경하자는 것이 무슨 뜻이신지……."

이들이 모인 이유는 아폴레의 결정 때문이었다.

원래 계획대로라면 발라스 왕국과의 전쟁을 시작해야 했고 그리 준비를 해왔다.

한데 아폴레가 뜬금없이 마르트를 먼저 치자고 의견을 건넨 것이다.

"제가 말씀드리겠습니다."

리스네가 아폴레를 대신해 입을 열었다. 웨이토와 갈락스의 눈길이 그녀에게로 쏠렸다.

"마르트 왕국은 왕권이 바뀌면서 많은 변화를 일으키고 있습니다. 대륙의 대회에 참가한 것도 그중 하나이죠."

"그렇소."

웨이토가 고개를 끄덕였다. 마르트의 변화는 많은 이들을 놀라게 했고 자신도 마찬가지였다.

"그런 마르트 왕국이기에 어떤 변수가 생길지 알 수 없습니다. 만약 그들이 발라스와 동맹을 맺게 된다면……."

"그렇다 해도 우리의 동맹을 이길 수는 없지 않소."

웨이토가 자신만만하게 대답했다.

사실 4대 왕국 중 가장 강한 전력은 현재 아카리와 리샤르였다.

마르트 왕국이 아무리 소수 정예로 뛰어난 무력을 갖췄다고는 하나 현재는 상황이 좋지 않았다.

아무리 새 인재를 등용하고 노력한다 할지라도 반란으로 인해 얻게 된 피해는 아직 완벽하게 회복된 것이 아니니까 말이다.

즉, 마르트 왕국의 전력은 과거에 비해 약해진 상태였다.

그러니 발라스와 손을 잡는다 해도 두렵지 않았다. 또한 어차피 발라스를 손에 넣게 된다면 그 뒤는 마르트 왕국이었다.

마지막으로는 리샤르였고 말이다.

"물론 전력 대 전력으로 붙는다면 그렇습니다. 하지만… 괜한 피해를 더 입을 뿐이에요. 더군다나 마르트는 위험합니다."

리스네는 시드를 떠올렸다.

마르트의 초인족들에 벨케를 비롯한 시드의 일행이 발라스를 돕는다면 쉽지 않은 싸움이 될 수도 있었다.

"마르트가 위험하다?"

“네, 위험합니다. 그들에게는 명성이 자자한 이가 있으니까요. 바로 벨라케입니다.”

“벨라케?”

갈락스의 두 눈동자가 급격히 커졌다.

웨이토는 아예 자리에서 일어서기까지 했다. 그 정도로 벨라케란 이름의 무게는 가볍지 않았다.

아니, 대륙 전체에서도 소울 급과 소울 급이라 추정되는 두 전설을 제외하고는 가장 클지도 몰랐다.

“그가 나타났다고?”

갈락스가 묻자 리스네는 천천히 고개를 끄덕였다.

“확실한 정보망에 의하면 그가 다시 모습을 드러냈고, 마르트 왕국에서 도움을 요청한다면 필히 움직일 것입니다.”

리스네는 마법으로 온도가 유지되는 달콤한 홍차를 한 모금 마신 뒤 빠르게 말문을 열었다.

“저희가 발라스와 전쟁을 치를 때는 명분이 없습니다. 말 그대로 약속을 일방적으로 깨버리며 전쟁을 펼치는 것입니다. 과거 마르트라면 상관하지 않을 수 있겠지만 이제는 상황이 달라졌고, 발라스가 도움을 요청할 시 동맹을 맺을 확률이 대단히 높습니다. 발라스가 무너진다면 다음 차례는 자신들이라 판단할 테니까요.”

“하지만 마르트와의 전쟁도 명분이 없지 않소?”

웨이토는 의아한 듯 얘기했다.

그녀의 말대로라면 발라스를 먼저 공격하든 마르트를 먼저 공격하든 결과는 똑같았다.

한데 리스네의 고개가 저어짐과 함께 두 눈을 반짝였다.

"네, 지금 당장은 명분이 없습니다. 그렇지만……."

"그렇지만?"

웨이토의 침이 꿀꺽 삼켜졌다. 리스네의 입가에 다정한 미소가 맺혀졌다.

"발라스가 마르트를 공격하게 할 명분은 있습니다. 그로 인해 전쟁의 명분도 만들어질 것입니다."

"시드… 시드……."

비밀회의를 마치고 자신의 집무실로 돌아온 리스네는 위스키를 마시며 열흘 동안을 떠올렸다.

어쩔 수 없이 그 자리를 피해야 했던 리스네는 다음날 대회를 위해 카란을 회복시키고 고민에 잠겼다.

도대체 시드에게 무슨 일이 일어났던 것일까.

짐승, 아니, 악마와도 같던 그 모습과 기운의 정체는 무엇일까.

고민은 밤새도록 이어졌는데, 그러다 충격적인 추측을 하게 됐다. 그 추측은 다름 아닌 악마와 하나가 된 것이었다.

말도 안 되는 일인 줄은 알지만 생각해 보면 그럴듯하기도 했다.

당시 시드의 기운과 모습은 그 누구라 할지라도 악마라 착각할 정도였으니까.

그러다 과거 아폴레에게 들었던 흑마법에서 전해져 내려온 다는 금기의 마법이 떠올랐다.

죽어가는 자를 살리기 위해 실행됐다던 검은 심장.

만약 에스가 검은 심장을 알고 있고, 시드에게 목숨으로 도박을 해야 될 일이 있었다면……?

생각이 거기까지 미치자 리스네는 피의 눈물과 믿을 만한 신하들에게 조사를 명령했다.

악마가 봉인되어 있다고 알려진 교단에서 최근 무슨 변화가 없었는지를.

또한 그날 시드가 마르트로 이동했고, 며칠 내내 같은 곳에 머물고 있다는 사실을 추척 장치로 알게 된 리스네는 대회가 끝나고 직접 찾아가 위치를 확인했다.

그 후, 벨케와 마르트의 관계를 떠올리며 왕궁 근처에 살수들을 배치시켰다.

그리고 리스네는 원하는 정보를 오늘에서야 모두 얻을 수 있었다.

먼저 교단의 사안은 신관에게 뇌물을 먹여 알아보니 한 일행이 찾아와 악마를 원했고, 봉인이 해제됐다고 했다.

그 신관은 이후의 일은 알지 못했지만 그 정도면 충분했다.

또한 오늘 시드가 직접 왕궁을 찾아갔다는 정보도 들어왔다.

그로 인해 시드는 단지 마르트 왕국에 자리를 잡은 것이 아닌, 현 왕인 바에튼과도 관계가 있다는 사실이 증명됐다.

그 두 개의 정보를 가지고 리스네는 빠르게 계획을 세웠다.

시드가 검은 생명으로 살아난 것은 확실해 보였다. 자신이 직접 경험해 봤으며, 어둠의 기운도 가지고 있으니.

그 사실을 추기경이 비밀로 하고 있는지 교황마저 알고 있는지는 알 수 없지만 발라스를 압박할 명분은 충분히 갖춰진 셈이다.

흑마법을 익힌 마녀와 악마가 내재되어 있는 존재는 그 근본과 위험의 경우 자체가 달랐다.

제아무리 마녀들에게도 관용을 베푸는 현 교황이라 할지라도 악마가 완벽하게 사라진 것이 아닌, 언제든지 깨어날 수 있는 상태라 한다면 움직이지 않을 수 없을 것이다.

아니, 움직이지 않는다면 리샤르와 아카리가 압박해 움직이게 만들면 된다.

더불어 그리될 경우 시드를 비롯한 그의 일행은 세 왕국의 공동의 적이 된다.

그때 시드가 순순히 잡히지 않는다면 그와 일행으로 인해 세 왕국의 피해는 발생할 터이고, 시드와 벨케, 바에튼의 관계를 부각시켜 전쟁의 명분을 충분히 만들 수 있었다.

그럴 경우, 아카리와 리샤르가 하나되어 의견을 주장하면 전쟁의 명분도 충분히 만들 수 있고 말이다.

'이제는 마지막이야. 대륙 어디에도 피할 곳이 없어질 테니.'

세 왕국이 힘을 합친다면, 아니, 명분들로 인해 발라스가 참

견만 하지 않는다면 마르트 왕국과 시드의 일행을 무너뜨리기는 어려운 일이 아니었다.

그리될 경우, 홀로 남게 된 발라스를 점령하는 일도 쉬워지며, 마지막으로 아카리마저 집어삼킨다면 대륙은 리샤르의 것이 된다.

작은 소왕국들이야 복종할 테니 말이다.

"그 후에는……."

리스네의 입가에 잔인한 미소가 맺혔다.

키메라 부대는 만족스러울 정도였으며 자신의 세력도 점차 커지고 있었다.

모든 것을 아폴레의 손에 넣은 후 자신이 빼앗기만 하면 되는 것이다. 그리고 대륙의 지배자가 된다.

아폴레하고의 주종의 마법이 맺어져 있지만 괘념치 않았다.

아폴레가 직접 보여주지 않았던가. 고대의 마법으로 무위로 돌릴 수 있다는 사실을.

물론 아폴레이기에 왕처럼 쉽게 되지 않겠지만 꼭 죽이지 않아도 그 자리를 차지할 수 있는 법이었다.

그리고 아폴레가 죽기 전에 해제시키면 되고 말이다.

"이제 시작이다. 시드, 이번에는 어떻게 맞설 것이니."

매번 끝이라고 믿어도 시드는 번번이 헤쳐 나갔다. 열흘 전에도 예상치 못했던 악마의 힘으로 위기를 넘겼다.

하지만 이번만큼은 절대 빠져나가기 힘들 것이라 리스네는 생각했다.

대륙의 지배를 위한 문이 드디어 펼쳐진 것이다.

'기록 자체가 없었다.'

카네치와의 약속 장소에 먼저 도착한 시드는 왕궁 자료를 떠올렸다.

주술에 관한 것은 그 어디에도 존재하지 않아서 머릿속이 혼란스러웠다.

리스네가 거짓말을 하지는 않았을 테니 분명 사실일 것이다. 그리고 바에튼에게 은근슬쩍 일부의 얘기만 흘리며 물어보니 그는 전혀 모르는 듯했다.

즉, 지금은 시행되지 않고 있으며 그가 장로가 되기 전 장로들에 의해 펼쳐진 일이었다.

그렇다는 것은 전 왕의 재임 시절에 그 주술이 사라졌다는 얘기인데, 이유를 알 수 없었다.

스스로들 죄책감을 느끼고 폐지한 것인지, 아니면 장로들이 비밀리에 시행하다 왕이 사실을 알게 돼 그만둘 수밖에 없었는지.

전 왕의 성품을 생각했을 때는 후자에 힘이 실어졌다. 그는 절대 그런 끔찍한 일을 자행할 인물이 아닌 듯했으니.

만약 그렇다면 기록에서도 제외될 수 있었다.

아는 이들이 극히 드물었을 테고, 바에튼의 얘기로는 알려진 일도 제외되는 경우가 있다고 하니 말이다.

'이미 지나간 일. 앞만 생각하자.'

시드는 긴 숨과 함께 생각의 터널에서 빠져나왔다.

이제 와 시간을 돌릴 수 없는 일이었고, 설령 샤인을 주술에서 해방시켜 준다 해도 리스네는 믿지 않으며 계속 노릴 것이다.

'지키는 수밖에.'

샤인이 그런 존재라는 사실을 그 누구도 알지 못하게 한 채 곁에서 지켜주는 것만이 유일한 길이었다.

리스네의 성격상 자신이 얻지 못하면 남도 주지 않을 터이니, 그녀 외에는 다른 이들이 알게 될 리는 없었다.

카란이 안다고 하지만 꼭두각시와 다를 바 없는 상태이고 말이다.

그러니 자신만 그 누구에게도 얘기하지 않고, 리스네를 막을 수 있다면 샤인은 아무것도 모르고 위협도 받지 않은 채 살아갈 수 있을 것이다.

당시 장로들이 걸리기는 했지만 바에튼의 얘기로는 두 명은 행방을 알 수 없으며 둘은 죽었다고 했다.

그 두 명 중 한 명이 샤인의 양부모였을 테니 한 명만이 남았다는 뜻인데, 오랜 시간 흔적이 없다는 것을 보면 앞으로도 계속 그럴 확률이 높았다.

"무슨 생각을 그리 하나?"

맞은편에서 시원한 과일 음료를 마시며 에스와 얘기를 나누던 벨케가 묻자 시드는 고개를 저었다.

“아무것도 아니에요.”

“왕궁에는 왜 간 거고?”

“그냥 괜한 궁금증 때문에요.”

“그게 뭔데?”

벨케의 어린애처럼 꼬치꼬치 캐묻기 발동!

이 정도면 말하기 싫어한다는 사실을 눈치챘을 텐데도 벨케는 절대 물러서지 않았다.

하나 그때 구세주가 나타났으니 바로 에스였다.

“그만 해. 누구에게나 말하고 싶지 않은 일은 있을 테니. 단, 걱정하지 않아도 되는 일이지?”

에스가 음료에서 시선을 떼지 않으며 묻자 시드는 고개를 끄덕였다. 섬에 있는 한 샤인은 안전할 테니깐.

“그런데 이놈은 왜 이리 안 와?”

벨케가 음료를 추가로 주문시키며 투덜거리는 그때였다.

낯익은 목소리와 함께 셋의 시선이 한 방향으로 향했다. 그곳에는 카네치 추기경이 인자하게 웃으며 서 있었다.

“몸은 괜찮은가, 맛있는 시드 씨?”

“……”

시드는 가자미눈이 되어 벨케를 쳐다봤다.

하루도 채 지나지 않아 전 대륙의 아는 이들 모두에게 소문을 퍼뜨린 저 싼 입!

“허헐, 농이었네. 그래, 변화는 없는가?”

카네치는 자신의 질문과 함께 순간 시드의 얼굴이 어두워지는 것을 알아차리며 긴장을 느꼈다.

"사실……."

시드는 리스네와 카란의 얘기는 제외한 채 그날 악마와의 융화에 대해 설명했다.

그와 함께 카네치의 얼굴이 새파랗게 질렸다.

"깨어났다고?"

카네치는 침을 꿀꺽 삼키며 주위를 살폈다.

다행스럽게도 자신들한테 집중하는 이는 아무도 없는 듯했다.

"그렇습니다."

시드의 확답에 그는 이마를 한 손으로 만지며 자신이 모시는 신을 찾았다.

검은 심장에 대해서는 교황도 알고 있었다. 악마의 봉인을 풀었는데 숨길 수 없는 일이었으니까.

그럼에도 시드가 자유롭게 지낼 수 있었던 것은 악마가 잠들어 있다는 사실과 그 어떤 일도 발생하지 않도록 자신이 책임을 지겠다고 맹세했기 때문이다.

벨케와 인연이 있고 그 스스로도 시드가 마음에 들어 죽이고 싶지 않아 지켜보기로 결정했지만 악마가 깨어났다면, 또한 부활을 갈망하고 있다면 얘기는 달라진다.

언제, 어디서 또 그와 같은 일이 벌어질지 알 수 없으며, 만약 그로 인해 악마가 부활한다면…….

"자네는 어쩔 건가?"

카네치가 시선을 던지며 묻자 벨케는 망설임없이 단호하게 말했다.

"시드를 지킨다."

"역시… 그런가."

카네치의 입에서 쓴웃음이 새어 나왔다. 어쩌면 당연한 일인지도 몰랐다.

누구나 자신과 상관없는 수천만 명보다 소중한 단 한 사람이 더 크게 느껴질 테니.

물론 신관들이나 전체를 바라보는 이들은 다르겠지만 벨케가 그런 타입이 아니란 사실은 잘 알고 있었다.

"그로 인해 이 대륙이 위기에 빠진다 해도?"

"난 저놈을 믿어."

벨케가 귀를 후비며 귀찮다는 듯 대답했다.

"만약 패배를 느낀다면 스스로 목숨을 끊을 것이라고."

어찌 보면 차갑게도 들릴 수 있는 발언이었지만, 시드는 옅은 미소를 지었다.

지금 당장 시드를 변호하기 위한 발언이 아니었다. 그는 진정 그리 믿고 있었고, 시드 또한 잘 알고 있었다.

대륙이 위험에 빠질 수 있음에도 저토록 무한한 믿음을 주다니, 그 사실이 고마웠다.

"자네는 어떤가?"

카네치는 고개를 설레설레 저으며 시드를 바라봤다.

"원래의 저는 이미 죽었어야 했겠죠."

시드는 머리를 긁적이며 솔직한 심정을 털어놓기 시작했다.

"그래서 제가 위험한 존재가 된 지금 죽어야 하는 게 맞을지도 몰라요. 하지만… 해야 할 일이 있어요."

시드는 미안한 눈길로 카네치를 쳐다봤다.

"지켜주고 싶은 소중한 이들… 사랑하는 이도 있고요. 그렇기에 지금은 죽을 수 없어요. 단…….."

"단?"

"악마를 더 이상 막을 수 없다고 판단되면… 그때 믿음을 저버리지 않고 목숨을 끊겠습니다. 물론 저는 지지 않을 것이지만요. 살고 싶거든요."

카네치는 시드의 두 눈동자를 주시했다.

마주 보고 있는 그 눈동자에는 흔들림이 존재하지 않았다.

그러나 이 사안은 자신이 해결할 수도, 믿음 하나로 눈감아줄 수 있는 문제가 아니었다.

"일단 교황님께 보고를 올리겠네."

"셋 중 하나겠군. 신전에서 평생을 감시하에 살거나, 죽거나, 봉인하거나."

벨케의 추측에 카네치는 아무런 대꾸를 하지 않았다.

그의 말대로 교황에게 보고를 올린다면 분명 그 셋 중 하나로 결정될 것이니 말이다.

"이렇게 하면 어떨까?"

"어찌 말인가?"

"시드의 심장에 언제든지 죽일 수 있는 장치를 해두는 것이지. 악마에게 지배당할 때 시드 스스로가 목숨을 끊지 못해도 우리가 죽일 수 있도록 말이야. 어때? 이 조건으로 비밀을 지켜주고 도움을 주지 않겠나?"

카네치는 턱을 매만졌다.

그리한다면 악마가 되기 전에 확실히 죽음을 맞이할 수 있을 것이다.

시드 스스로가 자살을 기도할 테고, 실패한다 해도 타인에 의해 죽게 될 테니 말이다.

그리고 신성력으로 결계를 친다면 시드 본인은 고통스럽겠지만 악마도 어느 정도는 잠잠해질 수 있을 것 같고.

"이건… 부탁이네. 난 자네와 싸우고 싶지 않아."

벨케가 진지한 얼굴로 말하자 갈등에 휩싸여 있던 카네치가 길게 숨을 내쉬며 고개를 끄덕였다.

그 역시 벨케와 적으로 맞서고 싶지 않았으며, 시드를, 그리고 벨케를 믿어보고 싶었다.

"어떠냐?"

"좋지 않은데요."

시드는 웃음을 터뜨리며 대답했다.

현재 두 가지 제약이 시드의 몸에 심어진 상태였다.

하나는 벨케가 언제든지 죽일 수 있도록 심장에 걸어놓은 제약이었고, 다른 하나는 카네치의 신성 결계였다.

벨케의 제약은 어느 정도 참을 만했다. 한데 카네치의 결계
는 통증은 물론 불쾌감까지 느껴졌다.

악마의 기운을 가지고 있는 시드이기에 당연한 결과였다.

"언젠가는 익숙해지겠죠."

시드는 대수롭게 느끼지 않은 듯 얘기했다.

교황에게 보고를 했을 경우에 비하면 오히려 고마울 정도의
제약이었으니까.

또한 카네치가 모든 신성력을 발휘한 결계라서 그런지 악마
가 다시 잠든 것 같은 기분도 들었다.

'다만 조금 귀찮아지겠군.'

카네치의 얘기에 의하면 보름에 한 번은 새 결계를 쳐야 한
다고 했다.

"그건 그렇고, 이제 시드의 목숨이 내 손안에 달려 있다 이
거지?"

"……."

벨케의 음흉한 미소를 발견한 시드의 신형이 움찔거렸다.

그러고 보니 가장 위험한 사람에게 평생을 맡긴 것과 다름
없었다.

"앞으로 잘해야겠네?"

대놓고 협박 모드 작렬!

시드는 주먹을 불끈 쥐었다. 설마 대든다고, 말을 안 듣는다
고 죽이기야 하겠는가!

자신은 예전처럼 대하면 되는 것이었다. 절대 협박에 주눅

들 자신이 아니다!

"벨케님!"

당당한 시드의 외침. 벨케는 저도 모르게 움찔거리며 한 걸음 물러섰다.

그런 벨케를 향해 시드는 이글거리는 눈동자로 외쳤다.

"영원히 모시겠습니다!"

살날이 많은 시드였다.

그 시각, 카네치는 근심에 싸인 얼굴로 교단으로 들어섰다.

자신이 고민 속에서 내린 판단에 후회하지는 않는다. 다만 교황과 모두를 속이고 있다는 사실에 마음이 무거웠다.

"추기경님, 교황청에서 연락이 왔었습니다."

"교황청에서?"

신관의 말을 들으며 카네치는 고개를 갸웃거렸다.

교황청에서 직접 연락이 오는 경우는 많지 않았다.

특히 자신은 다른 추기경들에 비해 자유로웠으며, 교황 역시 배려해 주고 있었다.

그런데 교황청에서 연락이 왔다는 것은 무언가 중요한 일이 발생했다는 뜻이다.

자신과 관련됐거나, 혹은 자신의 힘이 필요한.

"알겠네."

카네치는 신관에게 가보라는 손짓을 한 후 자신의 거처로 돌아가 마법 통신기에 신성력을 불어넣었다.

교황 안데라스와 직접 연결이 되는 통신이었고, 곧 새하얀 신관복을 입은 안데라스가 보였다.

"교황 폐하."

"카네치, 알고 있었소?"

고개를 숙이며 예를 갖추던 카네치는 안데라스의 가라앉은 목소리에 의아함을 감추지 못하며 고개를 들었다.

저 목소리의 톤은 심기가 좋지 않다는 뜻이다.

"무엇을 말입니까?"

"검은 생명."

카네치의 몸이 살짝 떨렸다. 불안감이 밀려왔다.

"검은 생명의 악마가… 깨어났다는 사실을 말이오."

"어, 어찌……."

카네치는 놀라움을 감추지 못하며 안데라스를 쳐다봤다.

자신이 그 사실을 알게 된 것은 불과 한 시간도 채 지나지 않았던 것이다.

"사실이었군."

안데라스가 혼잣말로 중얼거리더니 묵직한 한숨을 내쉬었다. 그리고 심각한 표정으로 카네치에게 명했다.

"교황회의를 열겠소. 카네치 추기경은 서두르시오."

CHAPTER 03
15년 만의 재회

　백색으로 이뤄진 성스러운 분위기를 풍기는 공간.

　그곳에는 열 명 안팎이 앉을 수 있을 듯한 길이의 탁자와 의자가 마련되어 있을 뿐 다른 것은 존재하지 않았다.

　그곳이 바로 교황과 추기경을 제외하고는 들어갈 수조차 없다는 교황 회의실이었다.

　"상황을 보고하시오."

　상석에 자리한 안데라스가 카네치를 내려다보며 얘기하자 그는 고개를 끄덕이며 자리에서 일어섰다.

　카네치의 옆과 맞은편에는 다른 두 명의 추기경이 자리하고 있었으며, 카네치는 짧은 숨을 한 번 내쉰 다음 오늘 시드와 만나 들은 얘기들을 전달했다.

그러자 영문을 모른 채 회의 통보를 받았던 추기경들의 얼굴이 어두워졌다.

"악마가 깨어났다고요?"

"거기다 의지를 가지고 육체를 원한다니… 계획대로 할 수밖에 없겠군요."

계획이란 검은 생명에 대한 보고를 올렸을 때 열린 교황회의에서 결정된 것들이었다.

만약 악마가 깨어난다면 죽이거나 봉인하기로 얘기됐었던 것이다.

"하지만… 제가 결계를 쳐뒀습니다. 또한, 그 아이의 심장에 장치를 해뒀고요. 만약 우려하는 일이 발생한다면 언제든지 그전에 죽일 수 있습니다."

"그만 하시오."

"폐하……."

무언가를 더 말하려던 카네치는 안데라스가 고개를 젓자 결국 입을 다문 채 자리에 앉았다.

"그대는 어떨지 모르겠소만 우리는 믿음 하나만으로 대륙을 위험에 빠뜨릴 수 없는 입장이오. 더군다나 우리 스스로 악마의 봉인을 풀었으니 더욱 그러하오."

카네치는 고개를 푹 숙였다.

벨케가 상대였고, 지원을 요청하기에는 시간이 촉박했기에 당시에는 어쩔 수 없었다고 하나 자신의 선택은 있어선 안 될 행동이었다.

하지만 안데라스는 이해를 해주며 처벌을 내리지도 않았다.

그러나 지금은 안데라스조차 어찌하기 힘든 판국이었다.

"또한 아카리와 리샤르에서도 이 모든 사실을 알고 있소이다."

"어찌……."

"곤란해졌군요."

두 추기경이 난감한 표정을 지었다.

이미 벌어진 일이었고 되돌릴 수 없었다. 그렇기에 비밀을 지키기 위해 엄중히 명령을 내렸었다.

어쩔 수 없었다 하지만 금기인 검은 생명을 위해 악마의 봉인을 해제했다.

그 사실만으로도 외교에서 고개를 숙이고 들어가야 하는 입장이었기에 어떤 불이익을 당할지 알 수 없는 일이었다.

"그들이 이해를 해주리라 보오, 카네치 추기경?"

카네치는 아무런 대답도 할 수 없었다.

자신은 벨케를 믿고 또한 시드란 소년을 믿고 싶지만 그들은 아닐 테니 말이다.

결계를 걸었다 해도 언제든지 깨질 수 있고, 제약이 존재한다 해도 시드나 벨케가 망설일 수 있다고 밀어붙일 것이다.

1%의 불안감이 존재할지라도 죽이거나 봉인해야 한다고 밀어붙일 수 있는 게 현재 두 왕국의 상황이었다.

약점을 잡힌 발라스로서는 고집을 피울 수 없고 말이다.

만약 그 사실이 대륙에 공표된다면 카네치만의 문제가 아

닌, 그 사실을 묵인한 교황의 권위가 떨어질 테고 발라스 자체
의 위기가 될 수도 있으니 말이다.

"지금 우리에게는 선택의 여지가 없소."

안데라스가 안타까운 눈길로 카네치를 쳐다보며 확정을 내
렸다.

그의 심성을 알기에 왜 그런 선택을 했는지도 잘 알고 있었다.

또한 자신 역시 악마와 처절한 사투 속에서 살아남은 한 생
명을 믿어보고 싶은 마음도 존재했다.

하나 그보다 수많은 생명이 더욱 중요했으며, 자신은 발라
스의 안위를 먼저 걱정해야 하는 자리에 있었다.

"더불어 카네치 추기경, 문책을 피할 수 없게 됐구려."

"알겠습니다."

카네치는 힘없이 고개를 끄덕였다.

타 왕국에서 알게 됐는데 자신한테 아무런 조치를 취하지
않을 수 없을 것이다.

직위의 박탈은 그날 벨케 일행을 도울 때 이미 각오한 일이
었다.

'지켜주지 못해 미안하구나.'

결계와 장치에 꽤 극심한 고통을 느끼고 있을 텐데도 환하
게 웃어주던 시드를 떠올리며 카네치는 두 눈을 감았다.

*　　　*　　　*

“허헐, 여기가 마르트구려.”

“그러게요. 살아서 마르트를 오게 될 줄은 몰랐네요.”

검은 머리카락과 눈동자를 보유한 중년인의 말에 곁에 있던 여인이 따스한 미소를 머금으며 대답했다.

그녀는 허리까지 내려오는 갈색 머리가 잘 어울리는 미인이었는데, 품에 열 살이 됐을 법한 소녀를 끌어안고 있었다.

소녀는 새빨간 단발머리가 잘 어울리는 귀여운 외모였다.

“일단 숙소를 잡아야겠소. 배도 고프구려.”

“네, 어서 가요.”

굶주린 배를 만지는 남편을 바라보며 여인이 손짓했다.

그러자 남자가 앞장섰고, 여인은 자신의 딸의 손을 잡은 채 그 뒤를 따랐다.

‘언제쯤… 돌아올까.’

돌아선 남편의 뒷모습을 바라보는 여인의 두 눈동자에 안타까움이 묻어 나왔다.

그녀는 다름 아닌 시드의 어머니인 주느였다.

모든 것을 잃고 시드마저 버린 채 도망쳐야 했던 그때, 세이드는 극심한 자기 비하를 견디다 못해 결국 기억을 잃고 말았다.

세이드가 알고 있는 것은 아내인 자신뿐이었다. 그가 기억을 잃기 전 얼마나 괴로워했는지를 잘 아는 주느는 과거에 대해 거짓을 둘러댔다.

그 후, 주느와 세이드는 아카리에는 절대 가지 않으며 밑바

닥부터 새로이 시작했다.

만약을 대비해 머리카락 색깔도 바꾸고 지냈으며, 세이드의 경우는 과거 훈장처럼 여기던 상처조차 지웠다.

기억을 잃은 그에게는 보기 싫은 흉터였을 뿐이니.

그리고 작지만 자신들만의 가게를 얻을 때쯤 시드의 동생인 시에라를 낳게 됐다. 그때까지도 세이드의 기억은 돌아오지 않고 있었다.

'그때 알려줬었더라면……'

시드가 떠오른 주느는 눈물이 날 것 같자 입술을 살짝 깨물며 스스로를 진정시켰다.

하나 계속해서 가슴에 맺혀 있는 것만은 어쩔 수 없었다.

세이드가 기억을 잃었을 때는 가여운 그 사람, 아무것도 모른 채 살도록 해주고만 싶었다.

그래서 시드에 관한 얘기를 하지 않았는데 이토록 후회가 될 줄이야.

잃어버린 아들이 있고, 그 이름이 시드라고 말했다면 그날 시드와 재회할 수 있었을 텐데…….

이제는 시간이 오래 흘러 자신들은 더 이상 수배도 당하지 않고, 과거처럼 귀족은 아니지만 먹고살 정도의 여유를 가지게 됐다.

시드가 어디서 어떻게 살아가고 있는지는 모르지만 함께할 수 있는데.

뒤늦게라도 주지 못한 부모의 사랑을 줘야만 하는데 그 기회를 잃어버리다니…….

"저곳이 괜찮구려. 어떻소?"

"네. 저도 마음에 드네요."

그때 세이드가 돌아서며 묻자 주느는 다급히 서글픔에서 벗어나 환하게 웃으며 대답했다.

*　　　*　　　*

"으하하!"

"으하하!"

시드와 파레토가 서로를 마주 보며 수다를 떨다 웃음을 터뜨렸다. 그들 곁에는 메리아와 벨케, 샤인이 함께하고 있었다.

메리아와 샤인은 시드와 함께 있고 싶어서 따라왔는데, 벨케는 시드를 지키기 위해서 같이 자리했다.

기습이 온다 할지라도 자신이 있다면 문제없을 테니 말이다.

"그래, 그렇군. 아참, 음식과 술은 입에 맞냐? 왕궁에 비할 바는 아닐 텐데."

"괜히 파레토님이 오시고 싶어한 곳이 아니군요. 전 오히려 왕궁보다 좋은데요."

원래 이들은 왕궁에 있다가 이곳 여관을 찾게 됐다.

시드가 무사히 깨어난 것을 축하하는 의미로 바에튼과 시란이 왕궁에 초대를 했기 때문이다.

그래서 다들 요리와 술을 즐기고 있었는데, 파레토가 자신의 입맛에는 맞지 않는다며 술과 요리가 괜찮은 단골 여관에 가보는 게 어떻겠냐고 제안을 했고, 왕궁을 빠져나오게 된 것이다.

벨케는 파레토와 입맛이 같은 취향이었으며, 시드도 파레토가 가고 싶다는데 거절할 마음이 없었다.

또한 사람이 너무 많다 보니 메리아와 대화도 많이 할 수 없었고 말이다.

"으하하! 역시 네놈은 뭔가를 아는군!"

"그럼요!"

시드는 기분 좋게 웃으며 술잔을 비웠다.

"아참, 무구가 정말 놀랍던데요."

문득 시드는 섬에 돌아갔다가 본 파레토의 무구를 떠올리며 칭찬했다.

시드의 피 같은 돈까지 들어갔기에 더욱 간절히 잘 나오기를 바라고 있었는데 기대 이상이었다.

바에튼조차 탐낼 정도였으며, 어디에서도 무구로만 따지면 우위를 점할 것이다.

"이 몸이 누구시냐? 당연한 일을 가지고!"

"술주정뱅이 늙은이지."

"다 늙어서 질투하면 추하다."

"누, 누가 질투를 한다고!"

'또 시작이시군.'

행사처럼 술만 들어가면 투닥거리는 파레토와 벨케를 보며 시드는 실소를 흘리다 손이 따스해지는 것을 느꼈다.

곁에서 시드를 바라보던 메리아가 손을 잡은 것이다.

"오빠, 피곤하지는 않아?"

"응? 그럼. 네가 곁에 있잖아."

"아이참."

낯간지러운 얘기에 메리아의 얼굴이 붉어졌다.

저도 모르게 그런 발언을 한 시드 역시 쑥스러움을 느꼈지만, 티내지 않으며 메리아의 따스한 손을 매만졌다.

기쁜 만큼 불안감이 컸고, 소중한 만큼 악마의 존재가 떠오를 때마다 두려워졌다.

'미안하다. 비밀을 만들어서.'

메리아는 아직 악마에 관한 얘기를 모르고 있었다. 얘기했다가는 걱정만 커질 테니.

그래서 크라운에서도 벨케와 에스, 프리야를 제외하고는 다들 모르고 있었다.

그렇기에 더욱 악마에게 질 수 없었다.

메리아의 입가에 맺힌 저 미소를 계속해서 지켜주고 싶기에.

"좋다."

메리아가 시드의 팔짱을 끼며 어깨에 머리를 기댔다.

다른 이들이 곁에 있으면 잘 하지 않는 행동이었지만 벨케와 파레토는 옛날 얘기까지 꺼내며 유치하게 싸우고 있었고, 샤인은 식탐이 강림해 요리에 정신이 팔려 있었다.

바로 그때였다.

우당탕!

구석진 곳에서 소음과 함께 욕설이 들려왔다.

"감히 우리가 누군지 알아?"

"엄마… 엄마……."

굵직한 음성과 함께 어린 소녀가 겁에 질려 울먹였다.

"쯔쯧, 잘못 걸렸구먼. 하필 저놈들한테."

"워낙 타 왕국 사람들한테 감정도 안 좋은 녀석들인데 가엾군."

시드가 있는 곳에선 잘 보이지 않지만, 그 근방에 있는 초인족들로 인해 대충 상황을 파악할 수 있었다.

타 왕국에서 온 사람들한테 초인족이 행패를 부리는 듯했다.

바에튼으로 인해 마르트 왕국의 인식이 변하기 시작했고, 예전보다 찾는 이들이 많아졌지만 모든 초인족들이 그런 마음은 아닐 테니.

"이보쇼, 무슨 짓입니까?"

"이건 또 뭐야?"

모두가 안타까워하기만 하고 나서는 이가 없던 그때, 애인과 같이 온 듯한 한 초인족이 자리에서 일어서더니 소리쳤다.

그러자 구석진 곳에서 행패를 부리던 초인족이 모습을 드러냈는데, 거대한 체격에 험악한 인상을 소유하고 있었다.

또한 풍기는 기세도 만만치 않았다.

"네놈이 대신 죽고 싶냐? 오늘 왜 이래, 정말!"

트트특!

초인족이 괴성을 지르며 변신을 하기 시작했다.

그와 함께 도우려던 초인족의 얼굴이 새파랗게 질렸다.

변신을 한 초인족에게서 풍기는 마나가 최소 에트 급 중급을 넘어섰기 때문이다.

'아무도 나서지 않은 이유가 저것이었군.'

결국 시드가 머리를 긁적이며 자리에서 일어섰다.

소란으로 인해 싸움이 끝난 벨케는 술을 마시며 손짓했고, 메리아는 걱정스런 눈빛을 보냈다.

시드의 실력을 알면서도 항상 염려되는 마음은 어쩔 수 없었다.

"거참, 기분 좋게 술 마시고 있었는데. 어이."

"어이?"

시드가 투덜대며 부르자 초인족은 기가 찬 얼굴로 쳐다봤다.

"정말… 재미있는 하루구먼."

초인족이 날카로워진 이를 드러내며 실소를 터뜨렸다.

기분 더러운 일이 있어 술을 마시고 있던 참이었다. 그런데 타 왕국의 인간들이 옆 자리에 앉아 무엇이 그리 좋은지 행복하게 웃었고, 짜증이 났다.

과거에 인간들에게 맺힌 악감정이 가장 큰 이유였다.

한데 이제 갓 스무 살을 넘겼을 법한 꼬마 놈이 자신한테 어이라고 한다.

"죽고 싶구나!"

"그럴 수 있다면."

시드가 쳐다보지도 않은 채 귀를 후비며 대꾸하자 초인족의 인내심은 한계에 이르렀다.

살인은 하고 싶지 않았지만 도저히 죽이지 않고서는 분이 풀리지 않을 것 같았다.

결심과 함께 초인족이 뿔이 돋은 커다란 주먹을 휘두르자 심상치 않음을 느낀 손님들은 비명을 지르거나 눈을 감는 등 다양한 반응을 보였다.

그런데 그들의 예상과는 달리 비명은 초인족에게서 들려왔다.

뿌드득!

"아, 아아악!"

초인족은 믿기지 않는 눈으로 기이하게 꺾인 팔을 쳐다봤다.

자신은 변신했을 때 에트 급 상급의 실력자였다. 한데 어찌 이런 일이 벌어진다 말인가!

"네, 네놈은 누구냐!"

"네가 싫어하는 타 왕국 사람."

시드는 쓰게 웃으며 대답한 뒤 초인족의 다른 한쪽 팔마저 부러뜨려 버렸다.

소름 끼치는 소리가 재차 여관 식당에 울려 퍼졌고, 동시에 시드의 왼쪽 주먹이 빠르게 움직였다.

퍼어억!

복부에 주먹이 적중하자마자 의식을 잃고 자리에서 쓰러지는 초인족. 시드는 그 초인족을 힐끔 쳐다본 뒤 자리로 돌아가려 했다.

하나 등 뒤에서 여자의 목소리가 들려왔다.

"고, 고맙습니다."

"아니에요. 괜찮습니다."

시드가 돌아서며 웃는 얼굴로 대답을 했다.

그리고 여자의 얼굴을 바라보는 순간 시드는 마법에 걸린 듯 움직이지 못한 채 저도 모르게 중얼거렸다.

"어머니……?"

그 여인은 바로 주느였다.

기억 속에서 떠올리고 떠올렸다.

아버지인 세이드를 한 번에 알아볼 수 있는 이유이기도 했으며, 부모님을 찾아야 할 자신에게 남은 유일한 흔적이기도 했다.

갓 태어난 아기였지만 전생의 기억을 가진 채 환생했기에 어렵지 않은 일이었다.

또한 이트 급, 에트 급, 라탈 급, 마탈 급 경지에 오르면 오를수록 뇌가 활성화됐고 잊지 않을 수 있었다.

그래서 아무리 오랜 시간이 흘렀어도 알아볼 수 있었다.

야윈 얼굴로 자신을 품에 안고 기뻐하던 아들아, 시드야 하
며 목메어 울던 어머니라는 사실을.

"오빠?"

"잠깐."

상황을 지켜보던 메리아가 자리에서 일어서려 하자 벨케가
제지했다.

"어머니?"

시드의 말을 주느는 멍한 얼굴로 되뇌었다.

어머니란다. 위험에서 구해준 처음 보는 청년이 자신을 어
머니라고 부른다.

기쁘면서도 울 것 같은 그런 표정을 한 채 말이다.

"시드니?"

주느가 힘겹게 말문을 열었다. 그런 주느의 두 눈동자에는
물기가 번지고 있었다.

"어머니⋯⋯."

시드는 눈시울이 뜨거워지는 것을 느끼며 천천히 고개를 끄
덕였다.

맞았다. 자신의 어머니가 맞았다. 그때처럼 닮은 사람이 아
닌, 자신을 기억해 주는 어머니가 맞았다.

"시드야."

주느의 목소리가 울부짖음으로 변하기 시작했다. 고운 얼굴
은 하염없이 일그러졌다.

참으려고 입술을 깨물어도 도저히 이겨낼 수 없는 순간이

있다. 지금이 바로 그 순간이었다.

"어머니!"

시드와 주느. 누가 먼저라 할 것 없이 둘은 서로에게 달려가 마주 안았다.

"시드야… 시드야……."

주느는 장성한 시드의 어깨에 얼굴을 묻은 채 계속해서 이름을 불렀다. 그것은 시드 또한 다를 바 없었다.

태어난 지 3일 만에 하게 된 이별, 그리고 15년 만의 재회였다.

시드와 주느는 여관 밖으로 나와 조용한 곳에서 서로를 마주 보고 있었다.

대화는 없었지만 둘의 눈동자는 수많은 얘기를 하고 있었으며, 진정된 시드와는 달리 주느는 여전히 눈물을 참지 못했다.

그런 주느에게 시드는 말없이 소매로 눈물을 닦아줬다.

"어떻게… 단번에 알아봤니?"

"계속 떠올리고 떠올렸거든요."

어쩌면 말이 되지 않는 소리였다. 이별할 때 시드는 갓 태어난 아이였으니까.

하지만 주느는 되묻지 않고 자연스럽게 받아들였다.

어떤 이유이든 무슨 상관이겠는가. 다시 만났다는 게 중요한 것이지.

"그랬구나. 그래서 아버지도 알아본 거였어."

"어떻게 된 거죠?"

나오기 전 세이드를 본 시드는 당황을 금치 않을 수 없었다.

분명 그때 항구에서 자신이 아버지라 믿었던 남자였다. 하나 그는 기억을 하지 못했으며, 아들이 없는 것처럼 행동했다.

"기억을 잃으셨단다."

"기억을요?"

시드의 두 눈이 크게 떠졌다.

"그래. 자기 비하를 반복하시며 괴로워하다… 그렇게 되셨단다. 과거의 일은 아무것도 모르셔. 내가 거짓말을 했거든."

"그랬군요."

시드는 저도 모르게 두 주먹이 불끈 쥐어졌다.

"그러면 여자 아이는……."

세이드의 품에 안겨 바라보고 있던 소녀를 떠올린 시드가 묻자 주느는 입가에 희미하게 미소를 지으며 대답했다.

"네 동생이란다."

"제 동생이요?"

그럴 것이라 추측했지만 주느의 입에서 들으니 묘한 감정이 들었다.

전생에서의 여동생이 떠오르기도 했으며, 메리아가 스쳐 지나가기도 했다.

"원망… 많이 했지?"

주느가 죄책감에 젖은 얼굴로 물었다. 그녀로서는 당연한 걱정이었다.

　아무리 집안 사정이 그랬다 하지만 갓난아기 때부터 지금까지의 삶이 쉽지는 않았을 것이다.

　그리폰이 곁에 있다 할지라도 가족과 함께 있는 것은 다를 테니.

　"아니요. 그런 적 없어요."

　솔직히 억울한 적은 있었다.

　분명 이 생에서는 행복하고 풍족하게 살고 싶었는데 삼일천하였으니. 죽도록 고생이란 고생도 다 했고 말이다.

　그러나 원망은 저승사자에게였지 부모님을 향하지는 않았다.

　그들로서는 그럴 수밖에 없는 현실이었고, 아버지인 세이드 역시 잘되기 위해서였지 그런 결과를 낳을지 몰랐을 테니.

　"고맙구나, 고마워."

　주느는 손으로 입을 가렸다.

　그동안 얼마나 죄책감과 미안함에 시달렸는지 모른다.

　그렇다고 자신들의 잘못이 사라지는 것은 아니지만 한시름 덜 수 있었다.

　또한 이제 열다섯 살인데 이토록 배려와 이해심이 깊은 아이로 자라나 진심으로 고마웠다.

　"그리폰은 어디에 있니?"

　주느가 그리폰을 떠올리며 묻자 시드는 짧게 숨을 한 번 내쉬었다. 그리고는 고개를 천천히 저었다.

　"설마……."

"네, 5년 전이었어요. 마지막 순간까지 저에게 모든 것을 물려주셨고, 부모님을 걱정하며 꼭 찾아야 된다고 하셨죠."

"그랬구나."

주느는 그리폰에게 마음으로 기도를 하며 흐느꼈다.

사실 그리폰의 고통도 말이 아니었을 것이다. 자신이 섬기던 주군은 도망치고 홀로 아이를 키워야 했으니.

기사로서도 얼마든지 더 좋은 자리를 얻을 수 있었으며, 시드를 버리고 자신의 인생을 살 수도 있었다.

한데도 그는 목숨이 끝나는 순간까지 시드를 지켜주었던 것이다.

"들어가자꾸나. 아버지와 시에라도 만나봐야지."

"이름이 시에라였군요."

"그래. 예쁘지?"

"누구 동생인데요. 으하하!"

시드가 애써 웃음을 지어 보이자 주느는 인자한 미소로 보답했고, 곧 둘은 추운 날씨를 뒤로한 채 여관 안으로 들어갔다.

주느를 따라 여관 안으로 들어간 시드는 세이드, 시에라와 인사를 나눴다.

그때 한 번 만났던 날, 주느가 세이드에게 어릴 때 잃어버린 아들이 있다고 얘기를 했었기에 세이드는 놀라지 않고 시드를 받아들였다. 또한 그때 알아보지 못해 미안하다며 눈시울을 붉혔다.

시에라는 단지 오빠가 생긴 사실이 좋은 듯 환하게 웃으며 기뻐했다.

그 후 시드는 가족에게 일행을 소개시켜 줬고, 벨케에게 부탁을 하는 중이었다.

"오늘은 이해해 주세요."

그러자 벨케는 씨익 미소를 흘리며 시드의 머리카락을 쓰다듬어 줬다.

"이런 날 이해해 주지 않으면 어쩔 거냐? 좋은 시간 보내라. 그리고 내일 섬으로 데리고 오고. 다들 자신의 부모를 찾은 것처럼 기뻐하며 환영해 줄 거다."

"벨케님⋯⋯."

"저 술주정 영감을 얼른 데리고 돌아가지 않으면 네 아버지가 쓰러지시겠군."

벨케의 이어지는 얘기에 고개를 돌려보니 세이드와 빠른 속도로 술을 주고받는 파레토가 보였고, 시드는 웃음을 터뜨렸다.

"아참, 메리아는?"

파레토에게 다가가기 전 벨케가 고개를 돌리며 물었다.

"당연히⋯ 같이 있을게요."

"알았다, 맛있는 시드 씨."

"⋯⋯."

잠시 후, 벨케가 술에 취해 주정을 피우는 파레토와 시드와 떨어지기 싫어 징징대는 샤인을 양팔에 낀 채 사라지자 시드는 메리아의 손을 잡고 그들의 곁에 다가가 앉았다.

"이 아이는 누구니?"

주느가 행복한 미소를 지으며 말했다. 아마 그녀는 이미 눈치채고 있는 듯했다.

"제가… 사랑하는 사람이에요."

"오빠…….."

시드가 가족들에게 자신을 연인이라 소개하자 메리아는 왠지 모를 감정에 눈물이 날 것 같았다.

"메리아, 인사해야지."

그런 메리아를 따스하게 바라보며 시드가 눈짓하자 그때야 그녀는 자신이 실례를 범했다고 느끼며 다급히 자리에서 일어나 고개를 숙였다.

"메, 메리아라고 해요. 올해 열네 살이고요."

"반가워요. 저는 주느라고 해요. 참 곱네요."

"아, 아니에요. 어머님이 더 고우신 걸요."

"어머, 진짜라 착각할 것 같아요, 메리아."

"네, 네."

"우리 시드, 잘 부탁해요."

주느가 메리아의 손을 잡으며 얘기하자 결국 메리아의 눈에서는 물기가 맺혀 떨어졌다.

시드가 가족을 찾았다는 기쁨, 그리고 가족에게 인정을 받게 된 행복감이 그녀를 울게 만든 것이다.

또한 한편으로는 얼굴도 알지 못하는 자신의 부모님이 그리워졌다.

그런 메리아를 주느는 아무런 말도 하지 않은 채 일어나 안아줬고, 세이드는 시에라를 품에 안은 채 흐뭇하게 지켜봤다.

"얼마라고요?"

시드는 부들부들 떨리는 목소리로 마법 주머니를 꺼내며 되물었다.

부모님이 잡은 방은 2인실이었기에 메리아와 다 같이 머물 수 없었다.

그래서 방을 따로 잡을까 하다가 같이 자면 어떻겠냐는 애기에 큰 방을 알아보니 가격이 생각보다 비쌌다.

물론 마음으로는 얼마가 들든 상관하지 않고 싶었다.

이런 날 돈을 쓰지 않는다면 언제 쓰겠는가!

그렇기에 세이드가 내겠다는 것을 굳이 자신이 계산하겠다고 우겼었다.

한데 오랜 생활 가난에 찌든 채 살아오며 몸에 밴 것은 어쩔 수 없었고, 여전히 수전증에 걸린 환자처럼 격하게 손을 떨며 값을 지불했다.

그리고 말은 더듬지 않아 나름 쿨하게 계산했다고 믿는 시드였다.

"그게 정말입니까? 진짜요?"

"그렇다니깐."

놀라움으로 가득 찬 벨트라의 얼굴에 점점 웃음이 번져 갔다.

그것은 비단 그뿐만 아니라 벨케에게 소식을 전해 들은 모두가 마찬가지였다.

"정말 잘됐군요. 허허."

"그러게요."

프리야가 진심으로 기쁨을 표현하며 애기하자 에스가 동의했다.

"제 능력이 부족해 신이 도와주셨나 봅니다."

블스가 볼을 긁적이며 민망해했다.

시드의 부모님을 오래전부터 찾았었다. 하나 아무리 바라고 노력해도 쉽지 않았다.

그런데 우연히 찾게 된 이곳에서 만나게 되다니…….

어쩌면 기적인지도 몰랐다. 그 기적을 이룬 것은 부모님의 얼굴을 기억하고 있던 시드의 기억력이었고.

"아참, 드릴 말씀이 있습니다."

블스가 돌아서서 나가려는 벨케에게 다가갔다.

"뭔데?"

벨케가 고개를 돌리며 되묻자 블스가 작은 목소리로 애기했다.

"리샤르가 심상치 않습니다."

"리샤르가?"

"네. 최근 대량으로 무구를 생산하고 있습니다."

블스는 마르트에 터를 잡았지만 리샤르도 계속해서 감시하고 있었다.

"그 양이 얼마나 되지?"

"정확한 파악은 불가능했지만 이때까지의 리샤르에 비하면 상상 이상입니다. 마치 전쟁이라도 치를 정도로요."

"하나 그것만으로는 의심하기 어렵다."

"그렇겠죠."

눈에 띄게 생산량이 늘었다면 분명 타 왕국들도 알고 있을 것이다.

그럼에도 방치를 하는 것은 무작정 의심을 할 수 없기 때문이다.

꼭 전쟁을 눈앞에 두고서야 대량 생산 체제를 갖추는 것은 아니었고 더구나 왕권이 바뀌었다.

만약 전 왕이 갑작스레 이런 태도를 취했다면 모르겠지만 아폴레가 왕이 되면서 변한 체제라 경계밖에 할 수 없었다.

그녀가 중점으로 두는 것이 국력이고, 지금 리샤르의 국력이 부족하다고 판단된다면 충분히 있을 법한 일이었으니까.

설령 전쟁을 목적으로 한다 할지라도 아폴레가 진실을 말할 일도 없을 테고, 무작정 의심할 수도 없는 법이었다.

그렇기에 최대한 경계를 하며 속내를 알아내기 위한 은밀한 작업만이 전부이자 최선이었다.

"일단 계속해서 경계하겠습니다."

블스는 그 말과 함께 돌아서서 니콜에게 다가갔고, 벨케는 머리를 박박 긁으며 자신의 거처로 발걸음을 옮겼다.

간섭받지 않고 조용히 시간을 보내고 싶었는데 시드를 만난 이후 자꾸 머릿속이 복잡해지는 일만 생겨났다.

'조만간 한 번 두들겨 패야겠어!'

벨케는 주먹을 불끈 쥐며 사악한 미소를 흘렸다.

이렇게 스트레스가 쌓일 때는 수련을 위장한 구타가 제맛이었다.

"응? 이 시간에?"

그때였다. 소리가 들려 마법 주머니에서 확인해 보니 카네치와의 통신구였다.

왠지 좋지 않은 느낌이 들었다. 그렇지 않고서야 카네치가 이 시간에 찾을 일이 없을 테니 말이다.

"무슨 일이냐?"

벨케는 숨을 짧게 내신 뒤 통신을 받았고, 곧 어두운 표정의 카네치가 보였다.

"미안하네."

벨케는 아무런 대답을 하지 않은 채 다음 말을 기다렸다.

카네치 역시 그런 벨케의 속내를 알아차리고 회의에서 오고 간 얘기들을 전해줬다.

벨케의 얼굴이 급속도록 일그러졌다.

"나로서는 막을 도리가 없네. 이제는 추기경의 자리에서도 물러나게 됐고, 아카리와 리샤르까지 간섭하고 있으니 말이네."

벨케의 전신에서 살기가 퍼져 나왔다.

리스네였다. 그날 사실을 알아차린 그녀가 시드를 빠져나올 수 없는 함정에 빠뜨린 것이다.

"곧 마르트에도 소식이 전달될 것이네. 그리고 결정, 아니, 통보가 내려지겠지. 어찌할 텐가?"

"잠시… 생각할 시간을 가지고 싶군."

"알겠네."

카네치는 벨케의 뜻을 존중하며 통신을 끊었고, 벨케는 이마가 지끈거리는 것을 느끼며 침대에 주저앉았다.

이토록 머리가 아픈 적이 살아오며 몇 번이나 있었을까?

"시드에게… 아니군."

고민을 하다 다급히 시드한테 연락을 취하려던 벨케는 쓴웃음과 함께 고개를 저었다.

오늘 하루만큼은 맘 편히 가족의 품에서 즐거운 시간을 보내게 해주고 싶었다.

앞으로 그럴 여유가 없어질지도 모르니까.

"결국 알려야 하는군."

상황이 이렇게까지 진전됐다면 더 이상 크라운 모두에게 비밀로 할 수는 없었기에 벨케는 무거운 발걸음을 옮겼다.

*   *   *

"아직도 생각의 변함은 없느냐?"

바에튼이 홍차를 마시며 안타까움을 담아 묻자 시란은 고개를 끄덕였다.

"네. 전 할아버지와 이렇게 살아가는 게 더 좋은걸요."

"시드 때문이 아니고?"

"헤헤."

시란이 환하게 웃자 바에튼 역시 따라 미소를 지었다. 그러나 마음은 좋지 않았다.

시란의 나이는 이미 혼기를 지난 상태였으며, 시란과 혼담을 원하는 이들도 무수했다.

한데도 끝까지 결혼을 하지 않고 혼자서 살아가겠다니…….

시드에게 마음을 품고 있었다는 사실을 알기에 더욱 가엾게 느껴졌다.

"아참, 할아버지. 조금 전에 발라스에서 통신이 도착했어요."

"발라스에서?"

시란이 화제를 바꾸기 위해 얘기를 꺼내자 바에튼은 의아한 듯 되물었다.

"네. 영상을 전송해 주셨어요. 여기요."

시란이 책장 위에 올려뒀던 통신기를 꺼내 바에튼에게 건네자 그는 무슨 일인지 추측하며 영상을 틀었다.

시란 역시 아직 내용을 확인하지 않은 듯 궁금한 얼굴로 곁에 앉았다.

그리고 둘의 안색이 시퍼렇게 질렸다.

"공존의 강에서 말인가."

바에튼이 떨리는 목소리로 중얼거렸다.

공존의 강은 4대 왕국의 정중앙에 위치한 곳으로, 과거 4대 왕국이 평화를 약조할 때 모여 회의를 했던 곳이다.

"하, 할아버지, 어떻게 하죠?"

시란이 양손을 부여잡은 채 불안해하며 물었다.

공존의 강에 가는 일은 어려운 일이 아니었으며, 오랫동안 회의가 열리지 않았지만 마르트 왕국이 개방적으로 변하면서 친목을 다지자는 의미일 수도 있었다.

한데 영상에서 밝힌 이유는 달랐다.

"어찌 알았다는 말인가."

"그러게요. 발라스에서도 조심했을 텐데……."

아카리뿐 아니라 리샤르에서도 검은 생명에 대해 알고 있었다.

그뿐 아니라 마르트를 불러 회의를 연다는 것은 시드와의 관계에 대해서도 알아차렸다는 뜻이다.

"한데… 악마가 깨어났다니?"

그 사실을 몰랐던 바에튼의 목소리에는 걱정이 가득 담겨 있었다.

"일단 확인을 해야겠어요."

결국 시란이 자리에서 일어나며 말하자 바에튼은 고개를 들지 않은 채 끄덕거렸다.

일단은 그들의 말이 사실인지 진위를 가려야 했으며, 만약 맞는다면 시드를 비롯한 크라운과 의논을 해야 했다.

이틀 뒤 어찌 대처할지를 말이다.

"흥 잘 보더라? 아버지와 나는 나쁜 사람이었어. 쳇."
"그러니 평소에 잘했어야지. 헤헤."
가족들 모두가 잠든 것을 확인하고 여관 지붕 위에 올라온 시드가 짓궂게 말하자 메리아가 웃으며 반격했다.
시드는 그런 메리아가 문득 예뻐 보여 뒤에서 살포시 끌어안았다.
"좋으신 분들이더라."
메리아가 시드의 쇄골에 머리를 기댄 채 하늘을 바라보며 말했다.
즐거운 시간들이었다. 시드의 부모님은 마치 자신을 친딸처럼 다정하게 대해주시면서 내내 사랑스러운 눈길로 바라봐 주셨다.
"부모님도, 시에라도 메리아를 그렇게 생각할 거야."
메리아가 수줍게 웃었다.
"불안해."
"뭐가?"
갑작스런 메리아의 애기에 시드가 다정한 목소리로 되물었다.
"너무 행복해서. 이 행복이 깨질까 봐. 그래서 불안해."
"메리아……."
시드는 메리아를 안은 팔에 살짝 힘을 주었다. 메리아 역시 느끼며 시드의 팔을 손으로 매만지며 돌아봤다.

"지킬 거야."

시드가 입가에 환한 미소를 지은 채 메리아의 두 눈을 마주 보며 얘기했다.

"해가 뜨면 달이 지고 달이 뜨면 해가 지지만… 우리의 해만은 절대 지지 않도록 내가 지킬 거야. 그러니 나를 믿어."

"응. 믿어, 믿어……."

눈가가 축축이 젖어가는 메리아가 말을 되뇌며 시드의 가슴에 얼굴을 기댔고, 시드는 그런 메리아의 머리카락을 매만지다 입술에 입을 맞췄다.

둘의 포개진 입술은 오랫동안 떼어지지 않았다.

CHAPTER 04
통곡의 강

　"네?"

　다음날 아침 식사를 하기 위해 식당으로 내려온 시드는 주느의 애기에 되묻고 말았다.

　"함께 살지 않겠냐고. 메리아도 함께 말이야."

　시드는 입에서 씹던 것을 급히 삼킨 뒤, 메리아를 한 번 쳐다보고 잠시 자신의 마음을 돌아봤다.

　예전부터 부모님을 찾으면 그러고 싶은 마음이었다.

　부모님이 자신한테 못해준 걸 주고 싶은 것처럼, 자신 역시 함께 있으며 부모님에게 많은 것을 해드리고 싶었다.

　또한 너무나 오랫동안 이별해 있었고 말이다.

　그리고 메리아에게 평범한 행복을 느끼게 해주고도 싶었다.

그러나 지금은 그럴 수 없었다.

마음 같아서는 섬에서라도 같이 살고 싶었지만 그곳이 언제까지나 안전하리라는 보장이 없었다.

더불어 리스네가 이 사실을 알게 된다면 가장 먼저 인질이 될 터였다.

그렇기에 리스네와의 싸움에 종지부를 찍기 전까지는 만남조차 자제해야 했다, 자신의 길은 언제나 위태로웠으니.

"죄송해요."

"무슨 소리냐?"

당연히 같이 살 것이라 믿었던 세이드가 놀람을 감추지 않았다.

15년이었다. 자그마치 15년 동안 헤어져 있다가 이제야 다시 만나게 됐다.

한데 같이 살 수 없다니? 시드가 자신들을 불편하게 느끼는 것인가. 그도 아니면 티는 내지 않지만 원망하고 있다는 말인가.

"자세하게 말씀드릴 수는 없지만… 지금은 같이 살 수가 없어요. 하지만 마음만큼은 어머니, 아버지와 같다는 것을 알아주세요. 메리아도 그럴 테고요."

"네. 저도 빨리 그날이 왔으면 좋겠어요."

메리아가 시드의 탁자 아래에 있는 시드의 손을 잡으며 주느와 세이드에게 같은 뜻을 내비쳤다.

"한 가지만 약속해 줄래?"

주느가 그런 둘을 잠시 쳐다보더니 고개를 살짝 끄덕이고는 말문을 열었다.

"네. 뭔데요?"

"그때가 오면 꼭 오늘 한 말을 지켜주겠다고. 한 가지 더. 절대 위험한 일은 하지 않겠다고."

시드의 말에서 무언가를 느낀 듯했지만 믿어주려는 주느의 얘기에 시드는 고마움을 느끼며 고개를 살짝 숙였다.

"네. 꼭 어머니 말씀 지킬게요."

"으음. 오빠, 어디 가?"

그때 곁에서 배를 채우며 얘기를 듣고 있던 시에라가 입가에 소스를 가득 묻힌 채 묻자 시드는 웃음을 터뜨리며 곁으로 다가갔다.

"해야 될 일이 있어서. 곧 매일매일 볼 수 있게 될 거야."

"진짜지?"

"그럼!"

시에라의 입가에 묻은 소스를 손으로 닦아주며 시드는 불안감이 남아 있는 자신의 마음에게 힘주듯 외쳤다.

"아참, 오늘 하루 더 이곳에 계신다고 하셨죠?"

"그래. 가게 때문에 내일은 돌아가야 한단다."

"그러면 제가 지금 살고 있는 곳에 가시겠어요? 소중한 동료들이 같이 있는데 소개해 드리면 좋아할 거예요."

어젯밤 많은 얘기를 했지만 시드가 살아온 삶에 대해서, 지금은 무슨 일을 하는지 정확히 알지 못했다.

단지 그리폰으로 인해 수련을 많이 했고, 그 능력으로 돌아다니며 돈을 벌었으며, 현재는 용병과 같은 단체에 소속되어 있다고 할 뿐이었다.

묻고 싶은 것은 많았지만 시드가 자세히 말하지 않는 데에는 이유가 있을 것이라 판단하며 캐묻지 않았는데, 내심 시드가 지내고 있다는 곳에 가고 싶었다.

한데 먼저 얘기를 해주니 거절할 이유가 없었다.

"그래, 가고 싶구나."

"알겠어요. 그러면 식사를 마치고 바로 가도록 하죠."

대답을 듣고 제자리로 돌아오는 시드의 입가에서는 웃음이 끊이질 않았다.

기대됐다. 부모님을 본 크라운의 식구들이 어떤 반응을 보일지, 그곳에 부모님이 함께 있다면 어떤 기분이 들지.

또한 한편으로는 걱정도 됐다. 아이니가 요리를 만들어 부모님에게 먹일까 봐.

그렇게 설렘과 들뜬 기분으로 식사를 마친 시드는 마법 주머니에서 섬으로 향하는 이동 주문서를 꺼냈다.

어떤 비극이 기다리고 있는지도 모른 채.

"뭐라고요?"

벨케, 에스, 프리야와 마주하고 있는 시드의 두 눈이 커졌다.

옆에 앉아 있는 메리아 역시 지금 들은 얘기가 믿기지 않은 듯 바르르 떨었다.

모두가 웃으며 환영을 해줬지만 뭔가 이상하다고 생각했다.

애써 감추려고 하는 긴장감과 무거운 분위기를 시드는 알아
차린 것이다.

그러다 벨트라가 부모님과 시에라에게 방을 배정해 주러 간
사이 들을 수 있게 됐다.

"하, 하하……."

시드는 헛웃음을 터뜨렸다.

일이 이렇게 되어서가 아닌, 미리 예측하지 못했던 자신의
미숙함 때문에.

리스네는 뛰어난 여자였다. 그런 리스네가 그날 자신을 보
고 분명 의문을 가졌을 것이고, 수많은 추측을 했을 터이고…
결론에 도달했을 것이다.

'운이 나빴다.'

검은 생명을 아는 이들은 많지 않았다.

하지만 리스네가 모르라는 법은 없었다. 혹은 여러 방면으
로 지식이 많은 아폴레가 알고 있어 가르쳐 줄 수도 있었고.

'이제 어떻게 해야 하나.'

시드는 머릿속이 복잡해지는 것을 느끼며 한 손에 이마를
기댔다.

정신이 없는 하루였다. 열흘 만에 의식을 차리자마자 사람
들의 안도 속에 시간을 보냈고, 카네치를 만나러 발라스로 갔
으며, 가족과 재회하게 됐다.

아니, 그렇지 않더라도 리스네가 검은 생명에 대해 알고 있을 줄은 몰랐다.

'발뺌할 수도 없겠지.'

자신의 몸에서는 어둠의 기운이 흐르고 있다.

또한 카네치의 얘기에 의하면 자세히 알고 있는 것 같다고 했다.

분명 리스네는 검은 생명이라 판단을 한 뒤 확신할 수 있는 무언가를 얻었을 테다. 그렇기에 발라스를 압박할 수 있는 것이고.

최악의 상황이었다.

"네 생각은 어때?"

벨케가 깍지를 낀 채 물어봤다. 그 질문의 의미를 잘 알고 있는 시드는 쉽사리 대답할 수 없었다.

'둘 다… 후회만 남을 텐데.'

후회가 존재하지 않는 길은 없다. 다만 적은 길을 선택할 뿐이었다.

한데 지금 눈앞에 펼쳐진 길은 그 어디를 가도 후회밖에 보이지 않았다.

죽거나 봉인당하거나였다.

발라스만 알고 있다면 신전에서 감시를 받으며 살아갈 수 있겠지만 리스네가 알고 있는 이상 그럴 확률은 적었다.

현재 발라스의 입장은 리샤르와 아카리의 요구를 들어줄 수밖에 없고 말이다.

"일단 피하는 게 좋을 것 같다."

"나도 같은 생각이네."

에스의 말에 프리야가 동의하며 나섰다.

현재 상황에서는 아무리 생각해도 좋은 수가 떠오르지 않았다.

악마가 깨어난 것은 사실이고, 시드는 현재 언제 대륙에 위험을 안길지 모르는 상태나 마찬가지니까.

또한, 세 왕국 모두가 하나 되어 압박한다면 아무리 벨케가 있고 실력자들이 많은 크라운이라 할지라도 버틸 수 없었다.

"그럴 수는 없습니다."

시드는 천천히 고개를 저었다.

"이유는?"

에스가 한숨을 내쉬며 물었다. 아마 이런 대답이 나올 것이라 예측한 듯했다.

"내일 공존의 강에서 모인다고 하셨죠. 그렇다면 세 왕국은 분명 마르트와 제가 연관이 있다는 확신을 가지고 있는 것입니다. 벨케님이 동료라는 사실도 그중 하나겠지만 또 다른 무언가가 있어요. 리스네는 불투명한 것으로는 결심하지 않는 여자이니까. 그런데 제가 사라진다면⋯ 분명 마르트가 압박을 받게 될 것입니다."

"사라지지 않는다 해도 마찬가지다."

벨케가 귀를 후비며 말했다.

시드의 추측대로라 할지라도 달라질 것은 없었다.

이미 그들은 의심을 하고 있고, 시드를 얻기 전까지는 계속해서 바에튼을 압박할 터였다.

또한 자신들은 물론 바에튼 역시 시드를 내줄 마음은 없었다.

어제 새벽 이미 얘기를 끝마친 상태였다.

"저 살자고 다른 이들을 죽일 수는 없잖아요."

만약 저들이 바에튼과의 관계를 모르고 있다면 시드는 망설임없이 달아났을 터다.

하지만 이제는 그렇게 할 수도 없는 입장이었다.

자신이 사라진다면 화살은 분명 바에튼과 시란에게 모두 돌아갈 터였다.

"일단 내일까지 기다려 보죠. 어차피 아직 그들은 이곳을 알지 못하니……."

시드는 그 말과 함께 자리에서 일어섰다.

그런 시드의 얼굴은 아무런 일도 없는 사람처럼 환하게 웃고 있었다.

가족이 있어서, 마스터의 자리에 위치해서 마음대로 슬퍼할 수도 없다는 사실을 잘 알기에 모두는 그 미소가 가슴 시렸다.

"무슨 일이 있니?"

"어머니."

그날 저녁, 바위에 걸터앉아 바다를 내려다보며 생각에 잠겨 있던 시드는 뒤에서 들린 목소리에 고개를 돌렸다.

그곳에는 조금 전에 식사를 함께한 주느가 있었는데, 사람들에게 물어서 찾아온 것 같았다.

"아무 일 없어요. 날씨가 추우니 들어가세요. 저도 금방 따라갈게요."

시드가 생글거리며 말했지만 주느는 아들을 만난 이후 처음으로 얼굴이 밝지 않았다.

주느는 곁에 앉으며 시드의 차가워진 손 위에 자신의 손바닥을 포갰다.

"사람은 보고 듣는 게 아닌… 느끼는 것이란다."

주느가 시드의 볼을 매만지며 말했다.

"누군가가 어떤 말을 하느냐, 어떤 표정을 짓느냐… 그게 전부일 때가 있지만 가면일 수도 있거든. 나는 네 어머니다. 모를 일이 없잖니."

"……."

시드는 아무런 말을 하지 않았다.

가슴이 뭉클해져 눈시울이 뜨거워지려 했지만 애써 참아내며 웃음을 유지했다.

분명 그 누구도 가족에게 아무런 얘기를 하지 않았을 테지만 그녀는 이미 느끼고 있었다.

자신의 아들에게 무슨 일이 있다는 것을.

"얘기를 해달라고는 하지 않을게. 다만 혼자서 짊어지려고 하지 마라. 너에게는 메리아가 있고, 소중한 동료가 있고… 가족인 우리가 있잖니.”

“네, 그럼요.”

시드가 고개를 끄덕이며 대답하자 주느는 가슴 한곳이 아파
왔다.

오전부터 시드에게서 초조함과 걱정을 느낀 이후 왠지 모를
불안감이 가득 차올랐다.

“너를 믿는다.”

“네, 믿어주세요.”

주느는 마지막으로 시드의 머리카락을 쓰다듬어 준 뒤 자리
에서 일어섰다.

시드는 조금 더 혼자의 시간을 가지고 싶었지만 더 걱정을
끼치고 싶지 않아 함께 숙소로 돌아갔다.

그리고 해가 높이 떠올랐다.

밀림이라 불릴 만큼 울창한 숲이 자리하고, 끝을 알기 힘들
정도로 긴 강이 있는 공존의 강.

그곳에 새하얗고 거대한 원형의 테이블이 놓여졌으며, 많은
사람들이 부산하게 움직였다.

각 왕국에서 미리 온 요리사들과 시녀들로, 그들은 각기 자
신들 나라의 진귀한 요리들을 만들었고 테이블에 올리며 치장
을 했다.

네 명의 왕이 착석하기 위한 화려하고 푹신해 보이는 의자
가 들어섰으며, 추운 날씨를 막기 위한 마법사들의 마법이 시

전됐다.

마지막으로 술과 달콤한 향기가 주변을 가득 채우자 모두
는 땀을 닦으며 자신들의 주군이 오기만을 기다렸고, 그렇게
10분이 지났을 때다.

가장 먼저 도착한 이는 아카리 왕국의 갈락스 왕과 웨이토,
두 명의 공작과 네 명의 기사였다.

네 명의 기사는 전부 붉은 갑옷을 입고 있었는데, 갈락스의
명만 따르는 왕궁기사단이었으며, 세 명은 라탈 급이었고 한
명은 마탈 급이었다.

두 번째는 발라스의 안데라스 교황과 두 명의 추기경, 다섯
명의 성기사였다.

성기사들 중에서는 대륙의 대회에 출전했던 이슈도 함께 있
었다. 추기경에서 파직된 카네치는 자리하지 않았다.

세 번째는 리샤르의 아폴레 여왕과 리스네 대공작, 두 명의
공작과 카란이었다.

그들은 이세스와 카란으로 충분하다는 듯 그 외 기사들은
대동하지 않았다.

마지막으로 도착한 이가 바에튼 왕과 시란, 세 명의 장로와
한 명의 기사였다.

기사는 체격이 대단히 컸고, 투구를 착용하고 있어 얼굴이
보이지 않았다.

"우리가 이곳에 오게 될 줄은 몰랐구려."

갈락스가 먼저 자리에 앉으며 말하자 아폴레가 요염하게 웃

으며 대꾸했다.

"그러게 말입니다. 후훗."

마치 연회라도 온 듯한 분위기의 둘과는 달리 안데라스와 바에튼은 굳은 얼굴로 침묵을 지킨 채 의자에 앉았다.

"좀 드시지 그렇습니까?"

그 둘이 술과 요리 그 무엇도 마시지도 먹지도 않고 있자 갈락스가 비워진 잔을 내려놓으며 손짓했다.

그때야 바에튼은 한숨을 내쉬며 잔을 채웠으며, 술을 마시지 않는 안데라스는 요리를 집어 들었다.

그렇게 20여 분의 시간이 의미없는 잡담으로 흘러갈 때였다.

갈락스의 눈빛이 가라앉더니 모두를 둘러보며 진지한 어투로 얘기했다.

"우리는 그 소년을 원하오."

드디어 기다리던 애기가 나오자 바에튼은 침착하게 대처했다.

이들이 어디까지 알고 있는지는 알 수 없기에 원하는 대로 따라줄 수 없었다.

"그 소년이라니요?"

"검은 심장을 가진 소년 말이오."

갈락스가 살짝 입꼬리를 올렸다. 그 비웃음에 바에튼은 불안함을 금할 수 없었다.

"갑작스럽게 통보를 하더니 이제는 검은 심장? 그게 무엇이

오? 나는 이해를 할 수가 없구려."

　평소의 성품으로 생각했을 때 바에튼의 이런 태도는 있을 수 없었다.

　하지만 그는 이제 왕이었으며, 마르트는 물론 시드도 지켜주고 싶었다.

　만약 이들이 자신과 시드의 관계에 대한 확실한 증거가 없다면 가능했다.

　마르트를 위협하기 힘들어질 테고, 그리되면 시드 역시 부담을 던 채 피할 수 있으니.

　"모르신다라……. 만약 아신다면 어찌하시겠습니까?"

　그때였다. 아폴레의 뒤에 서 있던 리스네가 말문을 열었다.

　바에튼은 긴장감으로 인해 침을 꿀꺽 삼켰다. 그러면서도 표정은 변함없이 태연함을 가장하고 있었다.

　"모르실 리가 없을 텐데요. 대륙의 대회에도 참가했으니까."

　바에튼의 미간이 아주 짧은 순간 꿈틀거렸다.

　"그때 어둠의 기운을 풍기던 참가자. 마르트 인으로 참가했는데 어찌 모르십니까?"

　"설령 마녀라 할지라도 참가를 할 수 있었으며, 내가 참가자 모두를 알고 있는 것은 아니네."

　바에튼은 여전히 모르쇠를 고집했으나 여유로운 리스네의 태도로 인해 걱정은 증폭되어만 갔다.

　"그렇다면… 벨라케도 모르시나요?"

“무슨……?”

“대륙의 대회의 참가자이자 검은 생명인 시드라는 소년. 그와 벨라케는 절친한 관계이거든요.”

바에튼은 잠시 침묵을 지켰다.

저들이 시드와의 관계는 몰라도 자신과 벨케의 관계는 알 수 있을지도 모른다.

“벨라케와는 친분이 있으나 그 소년은 모르겠네.”

“그래요? 이상하군요.”

“무엇이 말인가?”

“이틀 전, 시드란 소년이 왕궁을 찾아갔을 텐데요?”

바에튼의 두 눈동자가 급격히 흔들렸다.

도대체 언제부터 마르트의 왕궁조차 감시를 하고 있었다 말인가.

“이래도 모르시겠다면… 시드가 아닌 벨라케를 부탁드리죠. 설마 베부드의 반란을 진압할 때 함께 있었던 벨라케도 어디에 있는지 모르시겠다고 하지는 않겠죠?”

‘거기까지 알고 있다는 말인가.’

벨케의 부탁으로 인해 그날 자리에 있었던 모든 이들한테 그가 나타난 사실을 어디서도 얘기하지 말라고 전왕이 명했었다.

그래서 벨라케가 다시 나타났다는 소문이 돌지 않을 수 있었는데, 리스네는 이미 거기까지 파악하고 있었다.

“그 벨라케라면 분명 시드가 어디에 있는지 알 테니 말입니다. 이 제안마저 거절하지는 않으시겠죠?"

바에튼은 한숨을 내쉬었다.

도저히 빠져나갈 구멍이 존재하지 않았다.

"만약 벨라케의 위치조차 모른다 한다면?"

"우리를 등진다고 생각할 수밖에 없지 않을까요?"

아폴레의 발언은 협박과 다름없었다.

아카리, 리샤르, 발라스 모두를 적으로 돌리고 싶다면 모른 척하라는 뜻이었다.

"만약 계속해서 모른 척한다면 마르트는 대륙의 위기를 개인적인 이유로 감춰주는 것과 다름없기에 오랜 시간 이루어졌던 동맹을 깨겠소!"

갈락스가 자리에서 일어서며 소리쳤다. 한마디로 전쟁도 불사하겠다는 뜻이었다.

4대 왕국 중 세 왕국이 마르트를 상대로.

"만약 정녕 모르고 있다면 제가 기억을 한번 읽어볼까요?"

아폴레의 결정적인 발언.

그와 함께 바에튼은 결국 체념하며 씁쓸히 허공을 바라봤다.

울고 싶은 마음과는 달리 하늘은 너무나 맑았다.

"어찌 됐습니까?"

모래사장에 앉아 바다를 바라보고 있던 시드가 고개도 돌리지 않은 채 물었다.

발소리와 느껴지는 기운으로 인해 벨케란 것을 알았기 때문이다.

벨케는 공존의 강에 다녀오는 길이었다.

가면을 쓰고 있던 기사가 바로 그였으며, 다른 이들이 만류했지만 혹시나 불미스러운 일이 생기지 않을까 해서였다.

마르트에도 마탈 급의 실력자는 있지만 지금 판국은 3:1이나 다름없었고, 자신 정도의 실력자가 아니면 만약의 사태 때 위험해질 수 있으니 말이다.

그리고 한편으로는 느끼고 있었다.

자신의 정체가 그 자리에서 들키든 안 들키든 결과는 똑같을 거라고.

"전쟁."

"전쟁이요?"

"너를 내놓지 않으면 끝까지 추적해서 잡을 것이고, 마르트는 사라지게 될 것이라 하더군. 3일의 시간을 준다더라."

"그런가요."

시드는 쓰게 웃었다.

만약 그렇다면 마르트는 대륙의 평화를 깨고 있는 것과 마찬가지이니 명분은 성립됐다.

또한 발라스조차 약점으로 인해 더 이상 중립을 지키지 못할 테니 마르트의 패배는 정해져 있는 수순과 같았다.

"네가 빠져나갈 구멍이 없도록 만드는 거다."

"그렇겠죠."

자신이 도망치면 바에튼을 비롯해 수많은 초인족들과 마르
트 인이 피를 흘리게 된다.

"협박도 통하지 않겠지?"

벨케가 귀를 후비며 중얼거렸다.

"손해 보는 장사는 협박이 아니죠."

시드가 고개를 저으며 대답했다.

이쪽에서 걸 수 있는 것은 리스네와 자신의 관계, 이세스의
발동 조건이었다.

다만 이세스의 발동 조건은 그녀의 책임이 아니고 이미 이
세스는 부활한 상태이기에 효력이 없었다.

그렇다면 한 가지가 남게 된다.

'나를 이세스의 희생양으로 삼았고 죽이려 했다는 일.'

그런데 리스네가 아니라고 하면 그만인 일이었다. 확실한
증거가 없기 때문이다.

프리야와 스로우가 있어 신빙성은 있지만, 과연 리스네가
반박할 경우 어떻게 받아들여질지 확신할 수 없었다.

타격을 입는다 해도 아폴레가 왕으로 있는 지금의 상황에서
그녀의 입지가 흔들리지도 않을 테고 말이다.

또한 그리하겠다고 한다면 리스네는 분명 역으로 협박할 터
였다. 검은 생명으로 말이다.

결국 막다른 길이었다.

"이리되면 길은 하나뿐이군."

"뭔데요?"

시드가 여유로운 표정으로 벨케를 쳐다보며 물었다.

그는 당장에라도 누구와 싸울 듯한 표정으로 주먹을 불끈 쥐었다.

"전쟁을 하는 것이지."

"에에?"

"왜 놀라냐?"

벨케가 의아한 듯 되물었다.

어차피 리스네와는 전쟁을 하고 있었다. 다만 마르트가 같이 피를 흘려야 한다는 사실이 가슴에 걸렸다.

하나 시드를 이리 죽게 할 수는 없었다. 그것은 크라운 모두가 일치한 생각이었다.

"난처하시겠군요."

"그는 왕이니까."

왕이란 자리는 감정보다 나라를 먼저 생각해야 했다. 그렇기에 전쟁이란 발언까지 나온 지금 바에튼은 괴로울 터였다.

"전쟁이라……"

시드가 넓게 펼쳐진 바다를 보며 중얼거렸다.

"너는… 혼자가 아니다."

벨케가 그런 시드를 잠시 바라보다 자리에서 일어나더니 얘기했다.

시드의 여유로운 표정이 계속해서 마음에 걸렸다.

"네가 죽으면 너의 가족도, 메리아도 죽음을 겪는 것과 같다."

그 말과 함께 돌아서는 벨케.

시드는 한동안 바다에서 시선을 떼지 않은 채 자리를 지켰다.

그 시각 페이리는 단골 술집을 찾아갔다.

스로우와 자주 갔던 그곳은 변함없이 사람들로 넘쳤고, 그녀는 자신이 항상 마시던 방으로 향했다.

여러 테이블을 지나 안쪽으로 들어가던 페이리의 미간이 찌푸려졌다.

분명 자신이 오늘 와서 술을 마실 것이라 얘기했다. 그럴 때면 항상 이 자리를 비워줬었다.

한데 지금은 누군가가 안에서 술을 마시고 있었다.

그림자로 봐서는 남자였으며 혼자인 듯했다.

"뭐 하는 것이죠?"

상황을 파악한 주인이 안절부절못하며 다가오자 페이리가 차갑게 쏘아붙였다. 그러자 주인장은 식은땀을 흘리며 말했다.

"그게 말입니다……."

"들어와."

"……."

그때 안에서 남자의 목소리가 들렸는데, 페이리의 눈동자가 흔들렸다. 낯익은, 한편으로는 그리웠던 목소리였다.

"어쩔 수 없었습니다."

주인장이 고개도 들지 못한 채 말하자 페이리는 알겠다는 듯 고개를 끄덕이며 안으로 들어갔다.

그라면 주인장이 말릴 수 없었을 터다.

또한 그라면 술친구로는 언제든 환영이었다.

"스로우."

페이리는 스로우의 맞은편에 앉으며 차가운 눈길로 쳐다봤다.

반가운 만큼, 그리웠던 만큼 분노와 배신감도 느껴졌다.

"오랜만이다."

스로우는 페이리가 자신을 부르는 호칭이 바뀌었다는 사실을 느끼고는 쓴웃음을 흘리며 미리 준비했던 그녀의 비워진 잔에 술을 따랐다.

"내가 오리란 사실을 어떻게 알았지?"

"글쎄… 단지 술 한잔이 그리웠을 뿐이야. 와서 물어보니 네가 온다 했다 하더군."

"만약 다른 사람들이랑 같이 왔다면?"

"바로 떠났겠지."

스로우가 가슴을 툭툭 치며 말했다. 이동 주문서가 있다는 뜻이었다.

"나는 괜찮다는 건가?"

"너라면 얘기를 들어줄 것 같아서."

페이리는 아무런 대답을 하지 않은 채 잔을 비웠다.

"왜였어?"

　침묵을 지키던 페이리가 원망이 담긴 눈길로 그를 쳐다보며 물었다. 아직도 이해할 수가 없었다.

　그토록 리스네를 따르던 스로우이다. 충성심은 그 누구도 따라갈 수 없었던 스로우이다. 그녀를 위해 죽을 수도 있는 스로우였다.

　그런데 왜 그리 갑작스럽게 떠난 것이란 말인가.

　"지금 시드님과 같이 있어."

　"시드?"

　"페이리, 지금부터 내가 하는 말 잘 들어."

　스로우가 진지한 어투로 얘기하자 페이리는 고개만 살짝 끄덕인 채 술을 따랐다. 그러면서 귀는 스로우의 말소리에 집중하고 있었다.

　"리스네님과 시드님은……."

　스로우의 얘기가 시작됐고, 잠시 후 페이리는 헛웃음을 흘리고 있었다.

　"그게 사실이야?"

　그동안 리스네의 태도로 봐서는 믿기 힘든 발언이었지만 그 말을 한 상대가 스로우였기에 무작정 의심을 할 수 없었다.

　"사실이다."

　"하, 하하."

　페이리는 이마를 한 손으로 짚었다.

　'그랬던가. 그랬었던가…….'

　복잡하게 얽혀 있던 퍼즐이 한 번에 맞춰지는 것 같았다.

이해가 되지 않았었다. 시드는 왜 돌아오지 않는지, 스로우는 왜 떠났는지.

분명 자신의 기억 속 리스네와 시드는 좋은 관계였고, 그녀는 지금도 그리 생각하는 것 같았는데 지금까지 있었던 일들을 보면 원수지간이나 다름없었다.

"나에게 이런 얘기를 하는 이유가 뭐지?"

페이리가 떨리는 목소리로 물었다.

그가 위험을 감수하고 이곳까지 찾아와 얘기를 한다면 원하는 게 있을 터였다.

"설마… 리스네를 배신하라고?"

스로우는 긍정도 부정도 하지 않았다.

"나는 너에게 강요할 마음은 없다."

스로우가 마지막 잔을 비운 후 이동 주문서를 꺼냈다.

"다만 진실도 모르는 너와 적으로 마주하고 싶지 않았을 뿐, 선택은 너의 몫이다. 그리고 진실을 알게 된 이 이후부터 적으로 만나고 싶지 않다."

그 말을 마지막으로 스로우는 이동 주문서를 찢었고, 홀로 남게 된 페이리는 오랫동안 술을 마셨다.

*　　　*　　　*

부들부들!

시드의 손이 격하게 떨리기 시작했다.

그런 시드의 주먹에는 진귀한 보석인 사아라와 적지 않은
돈이 들려 있었다.

'떨지 마. 떨지 마!'

시드는 스스로를 질책하고 손의 떨림이 어느 정도 멈추자
시에라에게 웃으며 건네줬다.

"이거 잘 가지고 있어야 해."

"우와, 예쁘다. 그리고 돈이네?"

"응. 오빠가 주는 선물이야."

"진짜?"

자신이 손에 쥐고 있는 돈과 보석이 얼마나 큰지 모르는 시
에라는 마냥 선물을 받았단 사실에 좋아했다.

시드는 따스하게 웃으며 마법 주머니에서 또 다른 마법 주
머니를 꺼내 그 돈을 넣어주고 시에라의 품에 잘 채워줬다.

에스에게 얻어온 것으로 여러 가지 마법이 걸려 있고, 시에
라 외에는 손을 댈 수 없도록 했기에 안전할 것이다.

"어머니와 아버지, 잘 지켜줘야 해."

"응. 나 힘 세!"

시에라가 가녀린 팔뚝을 보여주며 활짝 웃었다.

시드는 시에라를 잠시 동안 품에 안고 아무런 말 없이 여동
생의 체온을 느꼈다.

앞으로 해주고 싶은 것이 참 많았었는데, 그랬었는데…….

"기다리시겠다. 가자."

방에서 나오자 많은 크라운 이들의 배웅을 받고 있는 주느

와 세이드가 보였고, 곧 시드는 가족과 메리아와 함께 섬을 벗어났다.

"가시는구나."

"그래."

메리아와 시드가 멀어져 가는 배를 하염없이 바라봤다.

그런 둘 사이에 쉽사리 존재하지 않던 침묵이 흘렀고, 그렇다고 돌아가기 위해 발걸음을 떼지도 않았다.

"또 같이 볼 수 있겠지?"

"……."

어쩌면 흔하고 어쩌면 깊은 의미가 담겨 있는 말.

시드는 대답을 하지 않은 채 메리아의 머리카락을 쓰다듬어 줬다.

"오빠, 왜 대답을 안 해."

메리아가 고개를 떨어뜨리고 작은 목소리로 얘기했다.

"왜 안 하기는, 당연하잖아."

"정말?"

"그러면 안 볼 거야?"

"진짜지?"

고개를 드는 메리아의 두 눈동자가 붉게 충혈되어 있었다.

시드는 그 간절함이 담겨 있는 시선을 피하지 않으며 고개를 끄덕였다.

그때야 메리아는 안도감이 든 것처럼 크게 한숨을 내쉬었고, 시드에게 팔짱을 끼며 머리를 어깨에 기댔다.

“꼭 지켜야 해.”

“그래. 지킬게.”

메리아를 내려다보는 시드의 눈빛에 슬픔이 물들었다.

자신은 하루 사이에 가장 소중한 두 사람한테 거짓말을 하고 말았다.

그래서 처음 만난 날의 생각과는 달리 주느에게 섬으로 향하는 이동 주문서를 주지 않았다.

단지 그녀가 어디에 사는지 위치를 물었고, 마법 통신구만 교환했다.

15년 동안의 이별, 그리고 이틀의 만남. 그 사실이 너무나 안타깝고 가슴 아프지만 아마 다시는 만날 수 없을 것이다.

그 시각 마르트의 왕궁에서는 바에튼과 시란이 대화를 나누고 있었다.

“할아버지.”

“시란, 네가 나의 입장이라면 어찌하겠느냐?”

바에튼의 목소리는 쓰러지기 직전처럼 지쳐 있었다.

목소리뿐만 아니라 외모도 잠깐 동안 몇 년은 늙은 것처럼 피곤해 보였다.

시란은 그의 괴로움을 느끼며 아무런 말도 하지 못한 채 손으로 두 눈을 가렸다.

안다. 왕의 자리에서는 어떤 선택을 해야 한다는 것을.

하지만 다른 누구도 아닌 시드였다.

사실 시드가 검은 생명을 얻게 된 것도 원인을 찾으면 자신들 때문이 아니었던가.

지금 왕족이 될 수 있었던 결정적인 이유도 바로 시드였다.

그렇기에 감정을 배제하더라도 시란은 왕의 입장에서만 판단을 하고 결정을 내릴 수 없었다.

"만약 그가, 그들이 없었더라면 우리는 이 자리에 없을지도 모르지. 이 자리뿐만이 아닌, 그때 죽을 수도 있었을 것이야. 아니, 어쩌면 분명 그리됐겠지. 그래서 어떤 일이 생긴다 해도 나의 힘이 닿는 한 지켜주고 싶고 도와주고 싶었다. 지금도 그 마음은 변치 않았고 말이다."

바에튼이 비워진 잔에 술을 가득 채웠다.

이래서는 안 되는 것을 알지만 지금만큼은 취하고 싶었다.

"그 무엇도 외면할 수 없고… 그 무엇도 선택할 수 없구나."

바에튼은 씁쓸하게 웃었다.

시드를 죽인다는 것은 자신을 죽이는 것과 다를 바 없었다.

아니, 만약 그리된다면 자신은 살아서 숨 쉴 자격도 없었다.

그러나 수많은 초인족들과 마르트 인들을 희생시킬 수도 없었다.

만약 그들이 마르트에 욕심을 부려 전쟁을 원했다면 패배가 보인다 해도 맞서겠지만 지금은 경우가 달랐으니까.

"떠날 수도 없네요."

시란이 눈물범벅이 된 얼굴로 중얼거렸다.

어쩌면 지금 상황에서는 유일한 해결책인지도 몰랐다.

다만 그리한다면 힘겹게 쌓아올리고 있는 마르트의 기반이 재차 흔들릴 테고, 위신은 바닥으로 떨어지겠지만 할 수만 있다면 그리하고 싶었다.

그런데 그럴 수도 없었다. 혹시나 그럴 경우를 대비해 바에튼과 시란한테 아폴레의 추적 마법이 시전된 상태로 대놓고 감시를 당하고 있는 상황이었다.

섬으로 가지 못하고 바로 왕궁으로 온 이유도 그러했다.

벨케야 워낙 실력이 뛰어나고 기사로서 참석한 것이기에 감시도 거의 없어 갈 수 있었지만.

"방법은 단 하나밖에 없겠지."

바에튼이 서글픈 어조로 말하자 시란은 힘없이 고개를 끄덕였다.

*   *   *

차가운 바람이 휘몰아치는 해변가.

스르륵.

시드는 모래를 쥐었다가 놓기를 반복하고 있었다.

그러면 모래는 바람에 휘말려 허공에서 사방으로 흩어졌다.

'간절했었다.'

처음 죽음을 맞이하고 저승사자와 대면했을 때 다시 살아나고 싶었다.

단지 로또에 당첨됐기 때문에, 살아생전 돈 한번 펑펑 쓰고 싶었기에.

이생에서 다시 부활했을 때도 마찬가지였다.

다른 것은 어찌 되든 상관없었다. 많은 돈을 벌고, 가늘고 길게 살고 싶었을 뿐이다.

하지만 리스네를 만나면서 모든 게 뒤틀려 버렸다.

또한 인연의 실로 인해 변하기 시작했다.

돈밖에, 자기 자신밖에 몰랐는데 어느덧 소중한 사람들이 생기기 시작했고, 그들을 믿을 수 있게 됐고, 자신보다 더욱 크게 느껴지기도 했다.

그 속에서 분노와 증오가 아닌, 기쁨과 슬픔을 느끼며 어느덧 여기까지 오게 됐다.

'그때 리스네와 마주치지 않았더라면 어땠을까.'

그랬더라면 자신은 최연소 마탑 급으로 대우를 받으며 잘살고 있었을 것이다.

물론 그런 상황이 닥치면 또 다른 위험이 존재할 수 있겠지만 그 어떤 경우라도 리스네와의 악연만큼은 아닐 거라 믿었다.

'그러나 소중한 메리아와 만날 수도 없었겠지.'

삶은 언제나 같았다. 잃는 것이 있으면 얻는 게 있고, 얻는 것이 있으면 잃는 게 있다.

그 속에서 무엇이 더 크냐에 따라 웃기도 하고 울기도 한다.

시드는 모래를 재차 손에서 놓으며 스스로에게 물었다. 지금 웃고 싶은지, 울고 싶은지.

그 대답은 둘 다였다. 웃고 싶기도 하고 울고 싶기도 했다.

리스네와의 악연은 다신 맺고 싶지 않지만 메리아와 동료들과의 인연은 절대 놓고 싶지 않다.

지키기 위해 죽어줄 수도 있지만 지키기 위해 죽을 수 없었다.

가끔, 정말 아주 가끔 양쪽의 무게가 팽팽하게 대립할 때가 있는데, 지금이 바로 그런 때였다.

물론 그렇다 할지라도 답은 정해져 있지만 말이다.

"시드."

"왔구나."

뒤에서 들려오는 목소리에 시드가 자신의 옆을 툭툭 치며 반겼다. 그러자 우드가 잠시 그런 시드의 뒷모습을 바라보다가 모래사장에 앉았다.

"표정이 왜 그러냐?"

"내가 왜?"

"나의 불행은 너의 기쁨이잖아."

"그거야 그렇지만… 헙!"

무심결에 본심을 말한 우드는 다급히 입을 가렸다. 한데 시드는 때리지도, 짓궂게 굴지도 않으며 힘없이 피식 웃었다.

"왜, 왜 이러는 거야!"

맞아야 할 타이밍에 맞지 않으니 오히려 불안해진 우드가 방어 태세를 취하며 따졌지만 시드는 아무런 얘기도 하지 않은 채 바다에 시선을 던졌다.

그러다 말문을 연 것은 잠시의 시간이 지난 후였다.

"돌아가고 싶었지?"

"당연한 것 아니냐?"

우드는 망설이지 않고 대답했다.

천하의 오로라가 매주 꼬리를 떼어주고, 구타를 당하며 하루하루 목숨을 연명해 갔다.

시드를 만난 것이 인생의 가장 큰 불행이라고 매일 확신하고 확신했다.

"지금도 그러냐?"

"……."

우드는 고개를 끄덕이려다가 스스로에게 당황했다.

지금의 시드는 무슨 말을 해도 때릴 것 같지 않았다. 그렇기에 분명 그렇다고 대답을 해야 하는데 이상하게도 말이 나오지를 않았다.

그러면서 머릿속으로 힘겨운 와중에도 즐거웠던 시간들이 스쳐 지나갔다.

"우드."

"어엉?"

"너를 만나서 즐거웠다. 이제… 가도 돼."

"뭐?"

우드는 자신의 귀를 의심하며 되물었다.

그러나 시드는 아무런 말 없이 웃음을 머금은 채 일어서서 숙소를 향해 걸어갔다.

열흘 동안 의식을 잃은 이후 더 이상 우드의 심장에 제약을 걸지 않았다.

그때 얼마든지 도망칠 수 있었는데 스스로의 선택으로 가지 않았으니까.

다만 알려주고 싶었다. 이제는 강제가 아닌 너의 의지로 움직여도, 선택해도 된다는 사실을.

"잘 자라."

돌아보지도 않은 채 손을 흔들며 사라지는 시드의 모습에 우드는 왠지 모르게 가슴이 아파왔다.

다음날 아침. 시드는 자신의 침대에서 잠든 메리아를 쳐다보고 있었다.

메리아는 어제 자신과 함께 잠이 들었고 시드는 밤새도록 그녀에게서 시선을 떼지 않았다.

스으윽.

시드의 손길이 메리아의 새하얀 볼을 쓰다듬었다.

"갈게."

그리고 입술을 맞춘 후 밖으로 나가려던 시드는 한참 동안이나 문손잡이를 잡고 있다가 힘겹게 방문을 닫았다.

"거참, 안 어울리게 예의 바른 놈이네."

벨케는 밖으로 나오는 시드를 보며 투덜거렸다.

어제저녁에 시드가 찾아오더니 카네치를 만나고 싶다고 했다.

분명 미안함과 자책감에 마음이 괴로울 것이라고, 조금이라도 덜어주고 싶어서라는 이유였다.

그로 인해 벨케와 에스가 아침에 같이 가기로 했다.

'혼자 가고 싶었는데…….'

시드가 원했던 것은 카네치가 있는 장소였는데, 벨케는 혼자 보낼 마음이 없었다. 또한 텔레포트를 하기 위해서는 에스가 필요했고.

"짧게 끝내라."

발라스로 이동하기 전 벨케가 주의를 줬다.

카네치는 믿지만 현재 시드의 상황이 좋지 않다 보니 오랜 시간을 타 왕국에 있어서 좋을 일은 없었다.

"알겠어요."

시드는 토 달지 않고 순순히 받아들이며 애써 웃었다.

어차피 카네치와 오래 얘기하고 싶은 마음은 없었다. 단지 자신의 결정을 알려주고 그가 혹시나 자책하지 않게 해주고 싶을 뿐이다.

그는 충분히 최선을 다했으니깐.

'오늘이구나.'

한 걸음 한 걸음이 무겁게 느껴졌다.

시드는 오늘 스스로 타 왕국이 바라는 것을 들어주려고 결심했다.

살고 싶었다. 이대로 죽고 싶지 않았다. 메리아와 가족을, 소중한 이들에게 슬픔을 전해주기 싫었으며, 분하고 분했다.

하지만 다른 방법이 존재하지 않았다.

자신 혼자 살겠다고 마르트를 파멸로 이끌 순 없으니까.

또한 혹시 모를 최악의 사태를 막고 싶었다.

듣기로는 현재 바에튼과 시란이 마법에 걸린 상태이며 감시를 받아 도망칠 수도 없다고 했다.

즉 기한 내에 넘겨주지 않으면 돌이킬 수 없는 결과가 발생한다는 뜻이었다.

밤새도록 고민했다. 만약 자신이 바에튼이자 시란이라면 어떤 결정을 내릴까.

그리고 도달한 결과는 바로 죽음이었다.

'그들이라면… 그럴 수도 있다.'

바에튼과 시란은 자신을 죽게 할 수도 없을 테고, 마르트를 피로 물들이게 하지도 못할 것이다.

그렇기에 스스로 목숨을 끊는 것이 유일한 길이라 판단할 수 있다.

'그럴 경우 마르트는 무사할 것이고, 나는 달아나리라 믿을 테니까.'

그래서 시드는 기한이 남았지만 하루가 지난 오늘 모든 것에 종지부를 찍기로 마음먹었다.

시드의 입가에 수많은 감정이 담긴 미소가 맺혔다.

참으로 힘든 시간들이었다. 다시 똑같은 삶을 살라고 하면 죽어도 싫을 만큼.

한데 다른 면으로는 즐거운 나날도, 죽어서도 잊고 싶지 않은 소중한 이들도 많았다.

'이제는 쉴 때도 됐지.'

전생으로부터 이어져 온 삶.

두 생을 다 합쳐 봐야 살아온 기간은 오래되지 않았지만 모든 것을 체념하자 쉬고 싶어졌다.

죽게 되면 다시 환생할지, 천국 혹은 지옥에 가게 될지는 알 수 없지만 지금은 지쳤다.

그러고 보니 사람은 참으로 환경에 좌지우지되는 동물인 것 같기도 했다.

그토록 살기 위해 노력했는데 이리 허무하게 체념도 하게 되니까.

"시드… 약속했다."

준비를 마친 에스가 시드의 뒷모습을 바라보며 얘기했다.

어제 모두가 모여서 마지막 회의를 거치며 전쟁을 치르기로 결정했다.

시드 역시 동의를 했고, 마법 통신구로 확인해 보니 바에튼과 시란도 같은 의견이었다.

그로 인해 파레토는 미친 듯이 무구 작업에 열중하고 있으며, 프리야를 중심으로 전략 또한 준비하고 있었다.

그런데 시드가 쉽게 받아들이는 것이 왠지 불안했다.

또한 우드에게 이제 가도 된다고 했던 말도 마음에 걸렸다.

전쟁이 펼쳐질 것이기에 우드를 위해 한 말일 수도 있지만 에스는 다른 이유 때문이지 않을까 하는 생각이 자꾸만 들었다.

그런 에스의 발언으로 인해 시드는 이를 꽉 깨물었다.

이들은 정말 자신에 대해서 너무나 잘 알고 있다. 그 점이 더욱 발걸음을 무겁게 했다.

"물론이죠."

시드가 고개를 돌리며 엄지손가락을 치켜올리자 에스는 더 이상 군말없이 텔레포트를 시전시켰고, 셋은 곧 모습을 감췄다.

"한적한 곳이네요."

발라스에서 벨케의 안내를 받아 도착한 곳은 한적한 해변가였다.

새하얀 모래사장이 햇빛을 받아 빛나고 있었지만 주변에는 건물은커녕 인적조차 존재하지 않았다.

아름다운 광경과는 달리 이곳은 해양 몬스터가 많이 출몰하는 곳이라 사람들이 거의 찾지 않게 됐기 때문이다.

"아직 안 온 건가?"

벨케가 기지개를 켜며 주위를 둘러보며 고개를 갸웃거렸다. 카네치는 약속을 철저하게 지키는 사람이었다.

그날 늦게 도착한 것은 바쁜 업무가 있음에도 자신들이 찾아갔기 때문이었는데, 오늘은 아니었다.

카네치는 더 이상 추기경도 아니며 바로 어제저녁에 약속을 잡았던 것이다.

한데 아직 도착하지 않은 것이 이상했다.

“이런……."

그때였다. 벨케가 무언가를 감지함과 동시에 일행이 서 있는 모래사장에서 거대한 마법이 시전되며 세 명의 여인과 한 명의 남자가 솟구쳐 올라왔다.

그들은 바로 아폴레와 리스네, 에밀레, 카란이었다.

“드디어 만났군."

아폴레가 입술을 혀로 핥으며 말했다.

그런 아폴레의 시선은 에스에게 가장 먼저 닿았으며 벨케와 시드 순이었다.

“기다리고 있었던 건가?"

에스가 쓴웃음을 지으며 묻자 리스네가 고개를 끄덕였다.

“어제저녁부터 마나석을 심고 준비를 했습니다. 그 마나를 감지하지 못하게 하기 위해 또 다른 고대의 마법을 시전했으며, 여러분의 실력을 높이 사 기척을 들키지 않도록 저희들만 미리 기다리고 있었죠."

“역시 잔머리 하나는 대단하군."

벨케가 박수를 치며 비아냥거리자 리스네는 도발에 넘어가지 않으며 웃는 얼굴로 살짝 고개를 숙이며 답했다.

“어떻게 알았지?"

오늘 이곳에 온다는 사실을 아는 이는 카네치 한 명뿐이었다.

그런데 카네치가 자신들을 팔아넘겼으리라고는 믿고 싶지 않았다.

"시드, 시드, 우리가 왜 추기경의 자리에서 물러나는 것으로만 용서를 해줬다고 생각해?"

"그렇군."

시드는 자신의 머리를 툭툭 치며 실소를 흘렸다.

리스네의 성품과 지금의 입장으로 봤을 때 카네치는 작위 박탈은 물론 엄격한 처벌도 받아야 했다.

하지만 그러지 않았는데, 그동안 카네치가 쌓아올린 공과 안데라스 교황이 노력했기 때문이라 판단했다.

'미끼였군.'

일부러 카네치를 자유롭게 놔둔 것이었다.

"너라면 이런 상황이라 할지라도 그를 만날지도 모른다고 생각했지. 그토록 신앙심이 깊으면서도 검은 생명을 도왔는데… 너는 죽을 위기에 처해 있으며 발라스조차 입장이 난처하게 됐으니 그가 느끼고 있을 자책감과 괴로움은 상상을 초월할 테니까."

리스네의 표정이 환해질수록 시드는 굳어갔다.

"그리고 안데라스는 우리가 부탁한 곳에 그를 보냈지. 그 신전과 그의 침소에는 미리 마법이 시전되어 있었거든. 그로 인해 어제저녁 통신의 내용을 들을 수 있었지."

"그래, 역시 리스네야."

시드는 졌다는 듯 고개를 저었다.

안데라스로서는 거절할 명분이 없기에 들어줄 수밖에 없었을 것이다.

분명 나와 벨케에게서 연락이 올지 모르고, 우리를 잡기 위해서라 얘기했을 테니.

"카네치는 어디에 있지?"

"그는 단지 잠들어 있을 뿐이니 염려 마세요."

리스네가 상냥하게 대답했다.

아직은 발라스를 이용할 때였다. 단물을 최대한 빨아먹어야 하는 것이다.

아무리 추기경에서 물러났다 하지만 카네치에게 손대서 좋을 일은 없었다.

"이제 어쩔 테지? 나와 놀아줄 것이냐?"

벨케의 전신에서 살기가 풍겨져 나오기 시작했다.

이미 겪어본 아폴레와 리스네, 카란과는 달리 에밀레는 두 눈을 크게 뜨고 놀람을 감추지 못했다.

그녀는 오늘 아폴레의 설교로 인해 어쩔 수 없이 따라온 것이었다.

한데 대륙을 위기에 빠뜨릴 수 있는, 꼭 처치해야 될 검은 생명이 시드이고, 상상을 초월하는 실력자가 나타났다.

"그가 바로 벨라케이다."

"벨라케!"

아폴레가 고개도 돌리지 않은 채 말하자 에밀레는 신음을 흘렸다.

그 전설이나 다름없다고 불리는 벨라케와 적으로 맞서게 될 줄이야.

"나도 꽤나 무시당하고 있었나 보군."

벨케가 비릿하게 웃으며 말하자 리스네는 고개를 저었다.

"전혀 그렇지 않습니다. 우리는 당신의 능력을 충분히 높게 사고 있어요."

"그런가?"

벨케는 콧방귀를 꼈다.

현재 고대의 마법이 시전된 영역 안에는 자신들 외에는 존재하지 않았다.

그렇다면 충분히 해볼 만하고 승산있는 전투였다.

리스네와 이세스, 아폴레는 자신이, 카란은 시드가, 에밀레는 에스가 맡으면 됐다.

시드 쪽이 염려되기는 하지만 자신이나 에스가 빨리 마무리를 짓고 도우면 되고, 또한 시드 역시 이제는 쉽게 당하지 않을 터였다.

"거참, 고맙군."

벨케가 검을 꺼내며 마나를 끌어올렸다. 그 순간 시드가 곁에서 중얼거렸다.

"옵니다."

"뭐?"

"그녀는 승산없는 싸움은 하지 않아요. 옵니다."

지금의 전세로만 따진다면 우세했다. 하지만 그 점이 오히려 시드를 불안하게 했다. 상대가 리스네와 아폴레이기에.

물론 직접 친 고대의 마법이기에 언제든 달아날 수 있겠지만 어떻게 잡은 기회인데 놓치지 않을 터였다.

분명 자신들을 죽일 확신을 가지고 있을 것이다.

"역시 시드……."

그때 리스네가 시드의 말을 인용하며 얘기했다.

"그래, 이 고대의 마법은 텔레포트도, 이동 주문서도, 마법 통신도 할 수 없어. 하지만 시전자만은 그 제약에서 자유로워."

곧 키메라와 괴물들이 섞인 아폴레의 비밀 군대가 모습을 드러냈다.

CHAPTER 05
각개전투

"이거 재미있어졌는데."

애써 여유롭게 말하는 벨케였지만 머릿속이 복잡해지기 시작했다.

갑작스럽게 나타난 아폴레 군단의 수는 삼십 정도였는데 라탈 급만 해도 다섯이었다.

또한 군단과 함께 나타난 다섯 명의 기사 역시 모두 라탈 급이었다.

이 와중에서 저 정도의 전력이라면 전세가 크게, 아니, 필패로 바뀌었다고 봐도 무관할 정도였다.

시드에게는 열 명의 라탈 급이 붙으면 승산이 낮아진다.

실력은 뛰어나지만 마나의 양은 갓 마탈 급이 된 것과 다름

없었고, 시드에게 있어 최대의 비기라 할 수 있는 브레스는 일대일에 특화된 기술이었다.

그렇기에 적이 열 명이라면 브레스는 봉인되는 것과 다름없었다.

더군다나 그럼에도 시드가 투혼을 발휘해 이길 확률이 높아진다 해도 아폴레의 군단에서 절반만 달려들어도 그 가능성은 사라진다.

에스의 경우는 에밀레와 우열을 가리기 힘든 판국이었다. 아니, 오히려 불리하다고 할 수 있었다.

에밀레는 시드가 브레스를 사용해야 됐을 정도의 실력자인데 에스에게는 치명적인 약점이 존재했다.

악마의 힘을 빌린다 해도 지속 시간이 길지 않다는 것.

그렇다면 관건은 에밀레가 흑마법에 얼마나 잘 대처하느냐였으나, 시드에게 절반이 달라붙는다 해도 아폴레의 군단은 절반의 괴물들이 남아 있다.

그들이 에스를 노린다면 에스 역시 승산은 존재하지 않았다.

'나도 쉽지 않겠는데…….'

리스네와 이세스, 카란에다가 아폴레까지 상대해야 한다.

유일한 방법이 있다면 자신의 체력이 고갈되기 전에 빠르게 전투를 끝내는 것이지만 뜻대로 잘 풀리지 않을 것 같았다.

카란은 전투 센스가 뛰어났으며 아폴레는 실력에다가 수많은 경험까지 있다. 이세스는 지치지 않는 무한적인 체력이 존재하고 말이다.

"이 정도면 높게 평가하는 게 맞죠?"

리스네가 승자의 미소를 지으며 말하자 벨케는 고개를 저었다.

"아까 먹은 아침을 소화도 못 시키겠군. 더 없냐?"

사나이는 자존심! 죽어도 꿀릴 수 없다!

그러자 아폴레가 큰 웃음을 터뜨리며 박수를 쳤다.

"역시 벨라케님이군요. 염려 마세요. 끝이 아니니."

그와 함께 아폴레가 마법을 시전하자 재차 빛무리가 번쩍였고, 대기하고 있던 또 다른 이들이 나타났다.

새롭게 나타난 세 명의 기사는 모두 마탈 급에 근접한 수준이었다.

"와, 와하하! 그, 그래! 이 정도는 되어야지!"

그제야 뭔가 잘못 돌아가고 있다는 사실을 깨달으며 다급히 수습하는 벨케!

그런 벨케에게 에스와 시드가 괜찮다는 듯 격려했다.

"또 더 부르라고 해보지, 이 자식아."

"그러다 한 방에 훅 갑니다."

졸지에 공공의 적이 되어버린 벨케였다.

"나는 당신과 싸우고 싶지 않습니다."

시드는 자신의 앞에 다가온 에밀레에게 씁쓸한 얼굴로 얘기했다.

아폴레의 밑에 있다 하지만 재미있고 즐거운 사람이었다.
목숨을 걸고 대결을 펼치고 싶지 않았다.

"그렇지만 나도 어쩔 수가 없잖아. 응?"

에밀레 역시 난처한 얼굴로 머리를 긁적였다.

죽여야 될 검은 생명이 다름 아닌 시드였다니…….

기왕이면 다시 대회에서 마주치기를 바랐지만 운명은 허락하지 않았다.

더군다나 이제 와 자신은 못하겠다고 돌아갈 수도 없는 노릇이었다.

오랜만에 친구해도 재미있을 것 같다는 생각을 들게 한 시드였지만 분명 오늘 죽게 될 터였다.

그렇기에 마지막으로 다시 대결을 펼치고 싶었다.

"나와 싸우고 싶다면 다음에 해드리죠. 그러니……."

"다음은 없어. 너는 오늘 죽을 테니."

확신이 서린 에밀레의 발언에 시드는 한숨을 내쉬었다.

지금의 상황으로는 그녀의 말에 반박하기가 어려웠다.

누가 뭐라 해도 전세는 아폴레 쪽이 압도적으로 앞서고 있으며 자신들이 이길 확률은 없었다.

또한 지게 된다면 목숨을 잃게 되는 것은 뻔했다.

'편히 죽지를 못하는구나.'

시드는 자꾸만 뜻대로 되지 않는 현실 앞에 실소를 흘렸다.

만약 자신 혼자만 있다면 죽어줬을지도 모른다. 어차피 결심을 했으니까.

그런데 벨케와 에스까지 같이 있다. 자신이 죽는다면 그 둘이 죽을 확률도 높아진다는 뜻이다.

그래서 지금은 싸울 수밖에 없었다.

살고 싶어서가 아닌 벨케와 에스를 살리기 위해서 말이다.

"정 원하신다면……."

시드가 검을 손에 쥐며 마나와 살기를 단숨에 폭발시켰다.

이 상황에서 상대를 봐줄 여유는 없다. 죽일 각오로 전투를 펼쳐야 했다.

자신은 에밀레로 인해 일대일 싸움이고, 벨케도 어느 정도는 버티겠지만 문제는 에스였다.

열 명의 라탈 급과 스물다섯의 에트 급 괴물, 키메라들, 거기다 마탈 급에 근접한 셋의 라탈 급도 존재했다.

에스는 버티는 것조차 힘든 지경일 것이다.

최대한 빨리 싸움을 끝내고 그녀를 도와줘야 했다.

"그래, 이렇게 나와야지!"

시드의 변한 태도에 에밀레는 만족스럽다는 듯한 표정으로 마나를 끌어올렸다.

대회에서는 처음 보는 브레스란 기술에 패배했지만 경험이 쌓인 이번에는 다를 것이다.

"내 손으로 죽여줄게."

에밀레의 진심이었다.

아폴레와 리스네에게 죽어야 한다면 차라리 자신의 손으로 끝내고 싶었다.

그것이 에밀레가 마음에 들었던 시드를 향한 배려였다.

"거, 고맙구려."

어둠의 기운까지 풀풀 풍기는 시드가 입가에 미소를 지었다.
바보처럼 이 와중에도 강자와의 대결에 흥분감이 밀려왔다.

곧 시드와 에밀레의 마나가 격돌했다.

에스는 곧바로 주문을 외우기 시작했다.

가능하면 아폴레와 맞붙고 싶었다. 벨케의 부담을 덜어주기
위해서라도.

하지만 아폴레는 응하지 않았고, 그녀의 군단과 여덟 명의
기사가 자신을 마주하고 있었다.

'힘들겠어.'

마나의 소모없이 악마의 힘까지 사용한다면 잠시는 버틸 수
있을 것 같았다.

만약 마탈 급에 이른 세 명의 라탈 급만 없었더라면 이길 수
는 없어도 죽지 않을 자신은 있었다.

그러나 지금의 상황은 너무나 좋지 않았다.

군단 중에서 라탈 급을 제외하고는 뒤로 물러서 있었다.

에트 급인 그들로서는 마탈 급이 난무하는 이번 전투에서
큰 힘을 발휘하지 못한다.

단, 시드나 에스가 지친다면 얘기는 달라졌다.

또한 대등한 싸움을 펼치고 있는데 그들이 개입한다면 상황
은 급변하게 되고 말 것이다.

한데, 그들이 나설 필요가 없는 상황이 되어버린지라 아직은 개입하지 않고 있었다.

벨케와 시드는 물론, 그들이 참여하지 않아도 에스 역시 열세 명의 라탈 급을 상대해야 했다.

번쩍! 파지직!

에스의 전신에서 검은 빛이 번쩍이더니 그녀의 모습이 성인 여성으로 변하기 시작했다.

“하아……!”

에스의 입에서 요염한 숨이 새어 나왔다.

그녀가 지금 해야 할 일은 자신의 전투를 이기는 것이 아니었다.

승산이 없는 싸움. 최대한 시간을 끌며 지쳐 쓰러지기 전까지 한 명이라도 더 적의 수를 줄여야 했다.

그것이 시드와 벨케를 위해 할 수 있는 최선이었다.

‘에스님.’

에스의 변신을 확인한 시드가 입술을 잘근 깨물었다.

변신을 할 때마다 그녀의 수명은 줄어들며 몸이 망가진다고 볼 수 있었다. 사용하면 사용할수록 그녀가 받는 데미지는 더욱 커져만 가는 것이다.

‘이미 한계에 도달했을 텐데…….’

시드와 만난 이후 에스는 몇 번이나 악마의 힘을 사용했다.

제아무리 그녀라 할지라도 더 이상은 어찌 될지 장담할 수 없는 상태인 것이다.

“흐아압!”

시드의 기합과 함께 거대한 기운이 검에 실렸다.

브레스를 쓸 수는 없었다. 사용하고 나면 아무것도 할 수 없게 될 테니.

또한 시간이 없었기에 브레스는 아니나 다른 기술들로 일격에 끝낼 계획이었다.

“급한가 보군?”

“알면 도와주지 않겠어요?”

“으흠.”

에밀레는 난감한 표정을 짓다가 어깨를 한 번 으쓱였다.

어차피 지금까지도 이기고 싶어도 비열한 수는 쓰지 않았다.

무작정 승리만을 원했더라면 계속해서 도망치고 막으며 시간만 끌었을 것이다.

그러면 동료를 걱정할 수밖에 없는 시드가 초조함에 무리한 공격을 시도할 테고 빈틈이 생길 것이니까.

하나 그러지 않았다.

이기든 지든, 목숨을 얻든 뺏든 정정당당하게 맞서고 싶었다.

‘지금 상황에서 정정당당은 힘들겠지.’

에밀레는 체념과 함께 고개를 끄덕였다.

서로의 일격으로 승부를 가리는 것이 이 상황에서는 가장 깨끗한 승부였다.

“브레스야?”

최강의 마법을 시전하며 에밀레가 묻자 시드는 웃으며 고개를 저었다.

“브레스는 지금 쓸 수 없습니다.”

“아하?”

“다 되셨습니까?”

시드는 에밀레의 마법이 완성될 때까지 잠시 기다렸다.

마음속에서는 얼른 에스에게 달려가야 한다고 외쳤지만 그녀를 기습할 수는 없었다.

얼마든지 유리하게 싸움을 이끌어 확실히 승리할 수 있는 상황인데도 자신을 배려한 싸움을 펼치는 그녀였다.

“좋아! 간다!”

잠시의 시간이 흘렀다.

에밀레의 외침과 함께 그녀는 자신의 전신을 휘감고 있는 붉은 전류를 한 손에 모아 발출했다.

그녀 역시 대회에서 보여줬던 마법과 다른 마법을 펼쳤다.

시드는 쏜살같이 달려오는 전류를 향해 그리폰의 최강 기술을 시전했다.

콰아아앙!

둘을 덮치며 거대한 폭발이 일어났다.

시드와 에스가 휘말리지 않게 그들과 거리를 벌린 벨케가 주먹을 불끈 쥐었다.

시작부터 전력을 끌어올려 부딪칠 계획이었다.

"역시."

아폴레는 그런 벨케를 바라보며 황홀한 표정을 지었다.

정말 자신의 것으로 만들고 싶었다. 그렇다면 가면의 기사 따위는 탐나지도 않을 텐데.

"저에게 오실 마음이 없나요?"

아폴레가 진정 안타깝다는 듯한 눈길로 묻자 벨케는 이를 드러내며 웃었다.

"아줌마는 내 취향이 아니라서."

'내가 가져 주지.'

아폴레와 벨케의 대화를 들으며 리스네의 눈빛이 반짝였다.

아폴레와 자신의 군대의 차이점은 생명이었다.

아폴레의 괴물들과 키메라는 모두 살아 있었으며, 자신은 죽은 시체를 키메라로 만들고 부활시켰다.

그렇기에 벨케가 죽어도 상관없었다.

물론 소울 급이라 착각할 정도의 실력은 얻을 수 없지만 그 어떤 초인족보다 강인한 육체일 테니까.

"시작해 볼까?"

벨케는 그 말과 함께 진정한 초인족의 모습으로 돌변했다.

동시에 그의 전신에서는 지축이 흔들릴 정도의 마나가 거침없이 뿜어져 나왔고, 두려운 살기가 자욱하게 흘렀다.

그러자 리스네는 이세스를 소환했으며, 아폴레 역시 확실하게 끝내기 위해 자신의 플루닉을 드러냈다.

온통 붉은색으로 이뤄진 그녀의 플루닉은 라탈 급의 플루닉으로, 이세스만큼은 아니지만 마탈 급의 전투 능력을 보유하고 있었다.

'이것 참.'

산을 넘으니 더 높은 산이 나오는 격이었다.

안 그래도 쉽지 않은 싸움인데 또 다른 라탈 급의 플루닉까지 등장했다.

'그놈만 있었더라도……'

벨케는 아쉬움을 느끼며 과거 자신의 파트너를 떠올렸다.

짙은 검은 빛깔로 이뤄진 라탈 급의 플루닉이었다. 하지만 20년 전 자신의 품에서 떠나보냈다.

혼자서 추억을 돌아보며 살아갈 자신이 가지고 있을 이유가 없었다. 어차피 왕이 하사한 것이었으니.

"긴장들 하라고."

스파앗!

벨케의 육체가 흐릿해지더니 사라졌다.

콰지직!

"어머, 저를 좋아하시나 봐?"

"설마?"

벨케가 처음으로 노린 이는 바로 아폴레였는데, 리스네는 카란이 호위하듯 지키고 있기에 곧바로의 접근이 힘든 탓이었다.

하지만 고대의 마법 보호막과 함께 벨케의 공격은 무위로 돌아갔고, 그 틈에 이세스가 달려들었다.

콰아앙!

이세스의 거대한 검과 벨케의 검이 부딪치자 귀를 울리는 굉음이 터져 나왔다.

그 뒤를 이어 카란의 반월형의 마나가 벨케의 목을 노리며 파고들었고, 벨케는 다급히 검을 비틀어 검로를 바꾼 이후 카란의 기습을 피했다.

번쩍!!

하늘을 향해 손가락을 들고 있는 아폴레의 손으로 천둥이 내리쳤다.

쩌저적!

벨케는 쓴웃음을 흘렸다. 그녀의 손에 모인 번개의 힘은 조금 전 에밀레의 것보다 월등히 뛰어난 것이었다.

마법사들이 무서운 것은 주문이 끝난 마법의 위력이었다.

특히 시간이 오래 걸릴수록 그 위력은 마나에 비해 더욱 뛰어난데, 그 사실을 알면서도 제지하기가 쉽지 않았다.

아폴레의 플루닉이 그 앞을 지키고 있었으며, 이세스와 카란이 계속해서 시간을 빼앗았기 때문이다.

"귀찮게 하는구나!"

짜증이 치민 듯한 벨케가 검을 허공에 높이 던진 채 양팔을 오므리더니 활짝 펼쳤다.

동시에 마나로 이뤄진 빛이 그의 전신에서 분출됐고, 위기감을 느낀 리스네가 이세스의 특수 능력을 발동시켰다.

수십 개의 검이 꽃잎이 흩날리는 것처럼 하늘에서 벨케를 향해 떨어졌고, 그 힘은 벨케의 마나의 빛과 부딪치며 연쇄 폭발을 일으켰다.

그리고 아폴레의 번개와 카란의 기운이 벨케를 뒤이어 덮쳤다.

파사악!

라탈 급 기사의 가슴에 구멍이 나버렸다.

그 구멍을 뚫고 피에 젖은 에스의 새하얀 손이 드러났고, 그녀의 손바닥에는 심장이 들려 있었다.

쉐에엑!

그런 에스의 팔을 노리며 다른 기사의 검이 내려쳐지자 에스는 시체가 된 기사와 함께 몸을 날려 검을 피했다.

촤아아!

마탈 급에 근접한 기사의 검이 모래사장을 가르자 모래들은 지면을 드러내며 갈라졌고, 에스는 거칠어진 호흡을 가다듬었다.

'시간이 없다.'

변신이 풀리기 전까지 남은 시간이 많지 않았다.

마나가 가득 찬 상태에서의 변신이었기에 시간의 제약이 늘어났지만 그래도 이제 4~5분이 한계였다.

그리고 지금까지 쓰러뜨린 라탈 급은 총 세 명.

그중에서는 마탈 급에 근접한 기사도 있었다. 바로 방금 심장이 뽑히며 죽은 기사였다.

다만 문제는 마나와 육체의 한계였다.

많은 수를 상대해야 하다 보니 마나의 소비가 컸고, 육체는 금세라도 찢어질 것처럼 괴로웠다.

이때까지는 변신이 풀리면 이런 고통을 느꼈는데 아무래도 한계가 머지않은 듯했다.

"죽어라!"

기사의 괴성과 함께 열 명의 라탈 급이 달려들었다.

에스는 인상을 찌푸리며 몸의 속도를 가속시키는 마법을 재빠르게 시전함과 동시에 만약을 대비한 보호막도 펼쳤다.

그 후, 반월형의 공격형 마법을 시전해 발출했으나 선두에 있는 두 기사에 의해 막혀 버렸다.

콰아앙!

셋의 검과 에스의 마나로 만든 지팡이가 허공에서 부딪쳤다.

"크으윽!"

에스는 신음을 흘리며 뒤로 밀려났고, 휘청거렸다.

그 틈을 놓치지 않고 마탈 급에 근접한 기사가 빠른 속도로 옆에서 달려들었다. 그가 노리는 곳은 다름 아닌 허리.

그 사실을 파악한 에스는 서둘러 자신의 허리 쪽에 마나를 집중시키며 보호막을 쳤으며, 곧 충돌이 일어났다.

퍼어엉!

마나가 잔뜩 담겨 있는 검과 부딪친 에스는 입에서 피를 토

했다. 허리는 다치지 않았지만 마나의 폭발로 인한 충격파까지 막을 수는 없었던 것이다.

그런 에스를 향해 다른 라탈 급들이 먹잇감을 발견한 굶주린 짐승들처럼 달려들었다.

'이젠……'

에스는 느낄 수 있었다.

지금 자신의 가장 큰 적은 바로 몸의 한계였다.

조금 전 충격파로 인해 예상보다 큰 타격을 받은 것도 바로 그런 이유에서였다.

더 이상은 육체가 변신을 이겨내지 못하고 있었고, 마나는 남아 있으나 움직이기조차 힘들게 느껴졌다.

그런 자신을 노리며 근접한 기사들.

에스는 천천히 두 눈을 감았다. 그 어둠 속에 프리야가 보였다.

"미안."

환하게 웃고 있는 프리야에게 에스는 속삭였다.

그에게 달려가고 싶은데, 그의 품에 안기고 싶은데 이제는 그럴 수 없었다.

그때였다. 둔탁한 소리와 함께 반가운 목소리가 들렸다.

"으하하! 주무십니까?"

"시드."

에스가 두 눈을 떴다. 그러자 몸 곳곳이 피투성이가 된 시드가 눈에 들어왔다.

시드는 곧 쓰러질 듯 바들바들 떨리는 몸으로 기사들의 검을 막으며 대치하고 있었다.

"이거 참, 도와주려고 왔는데 이런 꼴이네요."

시드가 고개를 돌릴 여유도 없이 웃음 섞인 목소리로 말했다.

그런 시드의 두 눈은 자신의 다크 소드를 향하고 있었다.

만약 이럴 때 마탈 급 플루닉을 소환할 수 있다면 얼마나 좋을까.

플루닉들이 있음에도 소환하지 않았던 것은 에트 급으로는 이렇게 압도적으로 불리하고, 수적으로도 격차가 큰 상황에서는 별다른 도움이 되지 않는단 사실을 알기 때문이었다.

만약 라탈 급 플루닉이 있다면 또 모른다. 그 위력은 최강이라 불리는 이세스만큼은 아닐지라도 든든한 전력이 될 테니.

'죽기 전에 꼭 한 번 소환하고 싶었건만……'

시드는 아쉬움의 미소를 흘렸다.

지금 상황으로 봐서는 돌아가기란 쉽지 않을 듯 보였다.

에밀레는 당장 전투를 치르기 힘든 상태이지만 이들이 자신들을 죽이고 벨케 쪽으로 합류할 테니.

더불어 아직 이들은 플루닉도 소환하지 않은 상태였다.

불리한 상황에서 에트 급 플루닉과 유리한 상황에서의 플루닉은 달랐다.

시드의 입장에서는 특수 능력을 발휘하면 그 상대를 필히 죽여야 했다. 그렇지 않으면 괜한 마나 소비만 있을 뿐이었다.

그러나 걸렸다 해도 죽이는 일은 쉽지 않았고, 죽인다 해도 특수 능력을 발휘할 수 있는 데는 한계가 존재했다.

적의 수가 너무 많기 때문이었다.

한데 이들이 만약 에트 급 플루닉을 가지고 있고 한 명씩 돌아가면서 벨케에게 특수 능력을 시전한다면?

그것만으로도 벨케는 대단히 곤란한 처지가 될 터였다.

"체엣!"

채애앵!

시드와 대치하고 있던 이들이 떨어졌다.

다른 라탈 급들이 양옆에서 달려들었기에 시드로서는 어쩔 수 없는 선택이었고, 다급히 에스를 부축했다.

에스의 상태는 대단히 좋지 않았다.

자신만큼 출혈이 있는 것은 아니었으나 얼굴은 창백했으며, 마치 시체라 해도 무관할 정도였다.

아직 변신 상태임에도 불구하고 육체에 한계가 왔다는 사실을 알 수 있었다.

"시드, 위험해!"

에스가 단말마의 비명과 같은 소리를 질렀다.

그와 함께 살기를 느낀 시드는 다급히 남은 마나를 끌어올리며 대처했다.

그렇지만 에밀레와 싸우느라 지치고 부상을 입은 시드가 열 명의 라탈 급 모두를 막아설 순 없는 일이었다.

촤아악!

한 기사의 마나가 서린 검이 시드의 가슴을 베어버렸다.

"시드!"

에스는 다급히 시드의 상처를 살펴보기 위해 몸을 움직였다.

하나 그럴 여유는 존재하지 않았다. 라탈 급들이 에스를 노리며 움직였기 때문이다.

그리고 그중에서 둘은 시드에게 접근했다.

뻐어억!

한 명의 기사가 시드를 걷어차 힘없이 허공에 떴다가 바닥에 떨어졌다.

"쿨럭!"

시드의 입에서 기침과 함께 피가 새어 나왔다.

"하아! 하아!"

시드는 거친 호흡을 달랠 틈도 없이 손으로 가슴을 짚어 상처를 확인했다.

다급히 피했지만 서려 있던 마나로 인해 생각보다 꽤 깊이 베였다.

이대로 시간이 더 지난다면 출혈로 인해 어떻게 될지 장담할 수 없는 상태.

그때 어느새 어깨에 검상을 입은 에스가 기사들을 피해 시드의 곁으로 다가오더니 입술을 잘근 깨물었다.

얼마나 세게 물었는지 입술이 찢어지며 피가 새어 나왔는데, 에스는 아랑곳하지 않으며 고대의 마법을 시전했다.

지이잉!

시드와 에스 둘을 감싸 안은 어둠의 결계가 형성됐다.

"에, 에스님."

시드는 다급히 그녀를 불렀다.

마법을 시전하고 있는 에스의 상태는 심각했다.

코와 입에서까지 피가 맺혀 흐르기 시작했고, 라탈 급들이 보호막을 깨기 위해 공격을 가할 때마다 입술에서 피가 비집고 나왔다.

"젠장!"

시드는 주먹으로 땅바닥을 내려쳤다.

에스는 불러도 고개도 돌리지 않은 채 마법에 집중하고 있었다.

이대로 가면 자신보다 그녀가 먼저 죽게 될 터인데도 결계가 깨지기 전까지는 풀지 않을 결심인 듯했다.

죽는다. 죽는다. 죽는다.

제대로 움직이기도 힘든 상황에서 고대의 마법을 시전한 것은 죽음조차 각오한 것이었다.

'어떻게… 도대체 어떻게!'

시드의 눈동자가 붉게 충혈됐다.

어떻게든 돌파구를 찾고 싶은데, 그래서 에스를 살리고 싶은데 아폴레가 시전한 고대의 주문이 깨지기 전까지는 도저히 돌파구를 찾을 수 없었다.

어제저녁부터 준비한 것이다. 에스도 고대의 주문을 사용할
수 있기에 마나 스톤으로 위력을 더욱 증가시켰을 것이고.

그렇기에 일격을 당한 에스가 아폴레의 고대의 주문을 깰
수 없었다.

'싸워야 해. 싸워야 해.'

시드는 몸을 일으키려 노력했다. 그러나 곧 허사로 돌아가
며 비틀거리다 쓰러졌다. 그 순간이었다.

짙고, 짙어서 소름이 끼치는 어둠의 기운이 느껴졌다. 그 기
운은 목소리가 되어 달콤하게 유혹했다.

시드의 위기를 눈치챈, 시드가 힘을 원한다는 사실을 알아
차린 악마가 결계 속에서 다시 깨어난 것이다.

그 시각 벨케는 거친 숨을 몰아쉬며 찢어진 입술을 매만졌
다. 큰 부상은 피했지만 마나의 소비가 적지 않았다.

"뭐지?"

대치하고 있는 아폴레가 고개를 돌리며 중얼거렸다.

어둠의 기운. 구토가 치밀 만큼 끈적끈적한 기운이 느껴졌
다.

"시드……."

"시드……."

벨케와 리스네가 하나 되어 그의 이름을 불렀다.

그 순간 벨케의 고함과 함께 아폴레와 리스네는 저도 모르
게 주춤거렸다. 그만큼 순간적으로 뿜어져 나온 그의 마나가
그 어떤 때보다 강렬했기 때문이다.

"죽여 버린다!"

"이런!"

"으윽!"

벨케의 전신에서 휘몰아치는 마나와 살기!

조금 전부터 에스와 시드의 기운이 약해져 간다는 것을 느낄 수 있었다.

그래서 마나의 소비가 크다 할지라도 큰 기술로 부딪치고 있었는데, 잠깐 사이 사태는 최악을 맞이하고 말았다.

에스는 꺼지기 직전의 촛불과 같은 상태였고, 시드는 악마가 다시 잡아먹으려 하고 있었다.

벨케의 전신에서 거대한 마나가 짧은 시간 동안 불꽃처럼 타올랐고, 곧 그의 검이 지면을 내려쳤다.

콰아아앙!

거대한 폭발과 함께 모래와 그 속에 감춰져 있던 땅이 가루가 되어 솟구쳤다가 비처럼 떨어졌다.

다급히 보호막으로 몸을 감싸 안았던 아폴레와 리스네, 카란은 이어질 공격을 예상했으나 벨케는 그들의 판단과는 달리 시드와 에스를 향해 전속력으로 움직였다.

어쩌면 어차피 모두 다 죽게 될지도 모른다.

하나 벨케는 납득할 수 없었다. 그 누구도 자신보다 먼저 죽도록 하지 않을 것이다.

"나의 손을 잡아라."

시드의 마음이 급격하게 흔들리기 시작했다.

잡아라. 잡아서는 안 된다. 잡아라. 잡아서는 안 된다.

무슨 일이 있어도 악마의 힘만은 빌리지 않으리라 다짐했었다.

그럴 경우가 온다면 스스로 죽으리라 결심했었다.

시드의 시선이 곁에 있는 에스에게로 향했다.

콰아앙! 콰아앙! 주르륵.

그녀는 이제 눈도 뜨지 못한 채 기절한 듯한 모습으로 어둠의 결계를 유지하고 있었다.

또한 결계는 이제 희미해지고 금이 간 상태라 깨지기 직전이었고 말이다.

"믿을게요."

시드는 믿었다.

악마와 손을 잡는다 해도 잠시 동안은 자신의 의지대로 움직일 수 있다고. 샤인 때처럼 말이다.

또한 믿었다. 만약 돌아오지 못하게 되면 벨케가 자신을 죽여주리란 사실을.

결국 시드가 악마의 손에 자신의 손을 내미는 그때였다.

"에스! 시드!!"

벨케의 외침이 들리며 잡기 직전인 시드의 손이 멈췄다. 동시에 에스의 변신이 풀리며 어둠의 결계가 사라졌다.

"죽여라!"

그러자 이때까지 결계를 깨고 있던 라탈 급들이 시드와 에

스를 향해 검을 휘둘렀으나 그 사이를 벨케가 어느새 파고들
었다.

"감히 네놈들이……!"

짜아악!

가까스로 그들의 검을 막은 벨케의 눈앞에 있는 한 기사의
양팔을 단숨에 육체에서 뜯어버렸다.

피가 허공에 솟구쳤으며, 벨케의 분노는 그치질 않았다.

짧은 시간 동안 일방적인 살육이 펼쳐졌다. 벨케의 마탈 급
은 시드, 에스와는 격이 달랐던 것이다.

"하아! 하아!"

짝짝짝!

라탈 급의 기사들을 모두 정리하자 뒤에서 상황을 주시하고
있던 아폴레가 박수를 쳤다.

"그리 지친 상태에서도 이 정도 실력을 보이다니… 역시 벨
라케군요."

그녀는 진심으로 감탄했다. 동시에 싸움의 끝을 느낄 수 있
었다.

그는 지친 상태에서 라탈 급들을 모두 일격에 쓰러뜨리기
위해 꽤 많은 양의 마나를 소진했다.

"에스."

하나 벨케는 아폴레에게는 신경도 쓰지 않으며 에스에게 다
가가 손을 갖다 대고 마나를 불어넣어 줬다.

이렇게 하지 않으면 당장 숨이 끊어질 것 같기에.

“이런. 어차피 모두 죽을 텐데⋯⋯.”

“죽더라도 나보다 먼저 죽게 하지는 않는다.”

벨케가 그나마 숨이 돌아온 에스와 상태가 심각한 시드를 자신의 등 뒤에 세우며 일어섰다.

‘가능할까.’

벨케는 자신의 마나를 체크해 봤다. 많지 않았다.

지금 상태라면 아폴레가 없다 할지라도 장담할 수 없었다.

그들도 지치기는 했지만 자신만큼은 아니었으니.

‘그것도 힘들겠지.’

벨케는 이세스, 카란과 처음으로 대결할 때 마지막에 사용했던 기술을 떠올렸다.

당시 그는 지금처럼 지치지 않은 상태였지만 완벽하게 끝을 내지 못했었다.

물론 그로 인해 이세스는 몇 달 동안이나 사용할 수 없었고, 리스네와 카란도 죽기 직전까지 갔지만 말이다.

“시드, 누구를 원하냐?”

“네?”

시드가 희미해지는 정신을 부여잡으며 되묻자 벨케가 씨익 웃었다.

“가능하면 모두를 다 데려가고 싶은데⋯ 한 명밖에 안 되겠군. 아참, 그렇지?”

무언가 떠오른 듯 벨케의 표정이 환해졌다. 그리고 시드만

들을 수 있도록 자신의 음성을 전달했다.

"결계가 사라지면 에스를 안고 곧바로 이 자리를 떠나라."

시드의 미간이 찌푸려졌다. 설마…….

"벨케님!"

시드 역시 그만이 들을 수 있도록 소리쳤다.

"그리폰에게 먼저 가 있으마."

그 말을 끝으로 벨케는 적들에게로 걸어갔다.

그때 사용한 범위 기술로는 이 싸움을 끝낼 수 없었다. 다만 그 힘을 압축할 경우 한 명만큼은 죽일 수 있을 것 같았다.

아니, 죽이지 못한다 할지라도 아폴레가 큰 부상을 당하면 자연스럽게 결계는 해제될 터였다.

아무리 마나석이 보조해 주고 있다 해도 마법은 시전자가 무너진다면 끝이었다.

"자, 끝을 내볼까?"

벨케의 눈빛이 날카롭게 빛났다.

이제 남은 문제는 단 하나였다. 마나를 모은 채 아폴레한테 접근하는 것.

"얼마든지."

아폴레는 여유롭게 대꾸한 후 뒤로 물러서며 마법을 준비하기 시작했다.

그녀 정도의 실력자가 두 눈을 감을 정도면 고대의 마법이

란 뜻이었으며, 리스네와 에밀레, 카란이 잠시 동안 벨케를 막
아주리라 확신하는 것이다.

그와 함께 벨케는 빠르게 아폴레를 향해 달려들었고, 잠시
후 모두가 자신의 눈을 의심할 일이 벌어졌다.

CHAPTER 06
정의

시드가 카네치와의 약속 장소에 도착했던 시각.

메리아는 한숨을 내쉬며 해변가에 앉아 바다를 바라보고 있었다.

"무슨 고민이 있는 게냐?"

뒤에서 들리는 인자한 목소리에 고개를 돌려보니 그곳에는 프리야가 서 있었는데, 그는 한 번 웃어주더니 메리아의 곁에 앉았다.

"바쁘지 않으세요?"

혹시 시간이 없는데 걱정되어 찾아온 것일까 봐 메리아가 묻자 프리야는 고개를 저었다.

"달리다 보면 잠시 쉬기도 해야 하는 법이란다."

“네.”

“밥은 먹었느냐?”

“아니요.”

메리아는 고개를 저었다.

잠에서 깨어나니 시드가 보이지 않았고, 발라스에 잠시 일이 있어 갔다는 얘기를 전해 들었다.

그리고 배는 고팠지만 별로 먹고 싶은 생각이 없어 이곳을 찾아 앉아 있었다.

“자.”

프리야가 품속에서 무언가를 꺼냈다.

펼쳐 보니 야채와 고기를 섞어 만든 주먹밥 두 개가 들어 있었다.

새벽부터 회의를 하다 아침을 먹으러 들렀는데, 메리아가 아무것도 먹지 않았다는 말에 챙겨온 것이었다.

“아이니가 만든 것은 아니니 염려 말거라.”

프리야가 주위의 눈치를 한 번 살피더니 그리 귓속말을 하자 그때야 메리아는 웃음을 터뜨리며 고마움을 표시했다.

“잘 먹을게요.”

여전히 식욕은 없지만 프리야를 위해서 그녀는 주먹밥을 한 입 베어 물었다.

갓 만들어낸 것을 품에 챙겨와서인지 추운 날씨에도 불구하고 아직 따듯했다.

“우리는… 어떻게 될까요?”

주먹밥을 반 개 정도 먹었을 때 메리아가 걱정스러운 목소리로 물었다.

"글쎄다……."

프리야는 확실한 대답을 하지 않았다.

굳이 답변을 하자면 낙관적인 상황이 아니었다.

아무리 희망적으로 마음을 다잡으려고 해도 전력의 차이가 커도 너무나 컸다.

1:1이나 2:2의 싸움이 된다면 모르겠지만 1:3은 애초에 불가능한 것이기도 했다.

그 넷 모두가 비슷한 전력, 아니, 오히려 하나가 더 약화된 상태이니깐 말이다.

제아무리 벨케가 있고, 자신과 시드로 인해 마탈 급의 전력이 다른 왕국들보다 풍부하다 해도 마탈 급은 신이 아니었다.

전설의 소울 급이 있다면 또 모르겠으나 지금으로서는 마르트가 피바다가 될 확률이 높았다.

그렇다고 아무리 이기적이라 할지라도 뻔히 죽는다는 사실을 알면서도 시드를 그들에게 줄 수도 없고 말이다.

'그분이 가여우시군.'

프리야는 바에튼을 떠올렸다.

그는 시드를 내놓지 않는다는 의견에 찬성을 했다.

왕으로서 그 결정이 얼마나 스스로를 괴롭게 할지 모두는 아니지만 일부는 느낄 수 있기에 안타까웠다.

다만 이상한 점이 있다면 아직까지 변화가 없다는 점이었다.

전쟁이었다. 단순한 협박이었을 수도 있지만 현실로 이뤄질 가능성도 있었다.

리샤르와 아카리가 내심 전쟁을 원했을 수도 있다. 그들에게는 명분이 있으니까.

그렇다면 군사들의 배치나 여러 면에서 이미 준비를 하고 있어야 했다.

'아직 갈등하고 계시는 것인가.'

충분히 그럴 수도 있는 일이었다.

바에튼과 벨케는 가까운 사이였고, 특히 시드는 그들에게 은인이나 다름없었다.

차마 죽어달라고 말할 수 없어 같은 의견이라 얘기했지만 내면에서는 아직도 고민하고 있을 수 있었다.

"전쟁… 무서운 거죠?"

바다를 바라보던 메리아가 주먹밥을 입에서 떼며 묻자 프리야는 대답을 해줄 수 없었다.

아무것도 모르는, 단지 자신이 사랑하는 사람을 살리고 싶어 하는 소녀에게 그로 인한 끔찍한 비극을 어찌 알려준단 말인가.

"미안해요."

"뭐가 말이냐?"

"모두에게요, 모두에게요."

메리아가 주먹밥을 내려놓으며 작게 울먹거렸다.

　"저도 알아요. 전쟁이 일어나면 어떻게 되는지. 어떤 결과를 낳게 되는지. 얼마나 많은 이들이 피를 흘리는지. 들은 얘기도 있고 책으로도 찾아봤어요."

　프리야가 차마 바라보지 못하고 고개를 떨어뜨렸다.

　"그런데… 오빠를 살리기 위해 하게 되는 거잖아요. 많은 이들이 울 테고… 죽을 테고… 다 아는데, 다 아는데… 저는 오빠를 살리고 싶어요. 너무 미안한데, 너무 죄송한데… 그래도 우리 오빠를 살리고 싶어요. 그래서 미안해요."

　프리야는 아무런 말 없이 메리아의 등을 토닥여 줬다. 시드를 보면 그런 생각을 했었다.

　이 아이는 어린 나이에 왜 이토록 무거운 짐을 짊어지고 살아야 하는 것인지.

　한데 그보다 더욱 연약하고 심성이 여린 메리아가 그 짐을 나눠 지고 있었다.

　"생각하고 생각해 본다."

　프리야가 한참 만에 입을 열었다.

　"과연 이래야만 하는 것일까. 수많은 이들의 삶이 절망으로 변할 수 있는 선택. 흔히들 그러지. 다수를 위해 소수를 희생시켜야 한다고. 그것은 전쟁에서도 허용되는 말이다. 그런데… 그 소수가 나에게 소중한 아이다 보니 나에게는 다수보다 더 커 보이더구나. 그래서 나도 미안하단다."

　"할아버지……."

　하늘로 고개를 돌린 프리야의 눈길에 아쉬움이 가득 묻어 있었다.

차라리 자신이었더라면, 시드가 아닌 자신이 검은 생명이었더라면, 그렇다면 기꺼이 죽어줄 수 있었을 텐데.

"어서 연락이 와야 할 텐데……."

프리야가 벨케가 주고 간 마법 통신구를 떠올리며 혼잣말을 했다.

감시로 인해 그쪽에서 이리로 올 수도 없었으며, 이곳에서 그리로 갈 수도 없었다.

또한 마법 통신도 마음껏 할 수도 없는 상황이었다.

바에튼의 의견을 들을 수 있었던 것도 은밀히 시종장에게 자신의 의견과 마법 통신구를 건네줬기 때문이다.

시종장은 아직 사정을 모르는 듯 같은 뜻이라는 말을 전해 달라고 얘기한 뒤 통신을 끊었다.

그 후 왕궁에서의 연락이 없는 상황이었다.

"그만 들어가자꾸나."

문득 회의실에서 자리를 오래 비운 것 같다는 느낌과 함께 프리야가 메리아를 다독이며 일어서던 그때였다.

찌지지직!

하늘 곳곳에 괴성과 함께 전류가 일어나기 시작했다. 그뿐 아니라 무언가가 폭발하는 소리까지 들렸다.

그와 함께 프리야의 표정이 급변했다.

이 현상이 무엇인지 알고 있기 때문이었다. 바로 에스의 결계가 파괴되는 것이었다.

“끝났습니다.”

“이쪽도요.”

허공에 뜬 채 섬을 내려다보고 있던 한 여마법사에게 다른 마법사들이 다가가 고개를 숙이며 말했다.

그녀는 아폴레의 직속제자이자 현재 백작으로 있는 마법사였는데, 리스네의 명을 받고 오게 된 것이었다.

일정 시간이 되면 결계를 파괴하고 섬 안에 있는 모두를 죽이라는 것이 바로 그녀의 명이었다.

물론 아폴레의 승인하에 처리되는 일이었으며, 준비가 끝나자 20명의 여마법사는 섬에 접근했다.

섬에 비상 경고음이 울렸다.

그와 함께 힘이 없는 여자들과 노인, 아이들은 다급히 숙소 지하에 마련된 안전 장소로 몸을 피했고, 남자들은 각자 파레토가 제작한 무기와 갑옷을 챙겨 입고 숙소 옆 공터에 집결하기 시작했다.

“도대체… 이게 무슨 일입니까?”

허겁지겁 나온 벨트라가 프리야를 향해 묻자 그는 굳은 얼굴로 알려줬다.

“적들이 침입했다.”

“적이요?”

프리야는 일단 먼저 벨케에게 연락을 시도했다. 한데 무슨 일이 있는지 시도 자체가 불가능했다. 시드도 에스도 마찬가지였다.

결국 포기한 프리야는 다음으로 블스에게 연락을 취했다. 그와 그의 조직은 첩보를 맡게 되면서 섬에 있는 경우가 많지 않았다.

그래서 원래 맡기려 했던 살수 부대의 부대장도 다른 이에게 넘겨줬다.

단, 검은 달의 모든 것을 넘겨줬기에 그들이 없어도 살수 부대의 성장은 문제가 없었다.

"어머? 저게 누구야?"

막 연락을 마친 프리야가 부대를 정리하려던 그때였다.

하늘에서 20명의 마법사가 내려오더니 그중 한 명이 반가운 듯 말했다.

"너는……."

"과거 리샤르의 공작이셨던 프리야님이시잖아요? 우와! 이런 곳에서 뵙다니."

프리야는 그녀가 무슨 말을 하던 관심없었다.

다만 생각할 시간이 필요해 얘기를 들어주는 척 시선을 떼지 않으며 머릿속을 바쁘게 굴렸다.

리샤르에서 어찌 이곳을 알았는지는 지금 중요하지 않다. 다만 적들이 20명의 마법사뿐이냐는 것이었다.

만약 그렇다면 지금의 위기는 넘길 수 있었다.

그리고 또다시 공격이 오기 전에 모든 채비를 마치고 섬을 버리고 후일을 도모해야 했다.

하나 적이 눈앞에 보이는 마법사들뿐만 아니라면…….

'현재 전투에 참여할 수 있는 이들은 200명 남짓.'

정체를 감추고 살아가는 크라운이었기에 대규모로 인원을 모집할 수 없었다.

그로 인해 믿을 만한 이들만 소폭적으로 늘리다 보니 새로 신설된 블스의 첩보 부대를 포함 총 여섯 부대에 속한 이들은 총 250명 정도였다.

그중 50명은 첩보 부대여서 지금 당장은 없었다.

더불어 200명 중에서 가디언과 부대장을 제외하고 라탈 급의 실력자는 열 명 정도였으며, 150명 정도가 에트 급, 남은 40명이 이트 급에 머무르고 있었다.

인원에 비해 라탈 급의 숫자가 많은 편이었는데, 벨케와 시드, 프리야와 스로우가 많은 것을 전수해 줘서 가능한 일이었다.

다만 전체적인 수에 비해 많을 뿐, 아직 드러날 정도는 아니었다.

"자, 이제 죽어주세요."

평소 말이 많던 여마법사가 수다를 끝내며 말했다.

그와 함께 20명의 마법사가 손을 마주 잡으며 주문을 외우기 시작했고, 막기 위해 프리야와 스로우가 다급히 뛰쳐나갔지만 한발 늦었다.

번쩌어억!

거대한 빛무리와 함께 50여 명의 군대가 모습을 드러냈다.

“오랜만이군.”

“자네는……!”

프리야는 자신의 눈을 의심했다.

텔레포트되어 나타난 군대의 장군이 다름 아닌 아카리의 웨이토였기 때문이었다.

도대체 그가 왜 이곳에 나타났다는 말인가. 설마 아카리와 리샤르가?

“어찌 자네가 리샤르와 함께 움직이는가?”

“몰라서 묻는가? 검은 생명 때문이네.”

웨이토는 당연하다는 듯이 대답했다.

사실 그는 거짓말은 하지 않았다. 다만 또 다른 이유를 말하지 않았을 뿐이었다.

“정말 그것뿐인가?”

웨이토의 말에는 일리가 있었지만 프리야는 왠지 모를 의구심을 감추지 않으며 되물었다. 하나 웨이토는 대답해 줄 마음이 없는 듯했다.

“우리가 이런 대화를 나누고 있을 때가 아닌 것 같지 않은가?”

웨이토는 그 말과 함께 뒤에 서 있는 마법사들을 힐끔 쳐다봤다.

그러자 백작인 여마법사를 포함한 20명의 마법사가 손을 마주 잡고 마법을 시전하기 시작했다.

프리야와 스로우는 저지하고 싶었지만 그럴 수 없었다.

그녀들 앞에 웨이토를 비롯한 50명의 군대가 막아서고 있었기 때문이다.

만약 실력 차이가 난다면 또 모르겠으나 웨이토는 마탈 급이었고 적들의 전력은 만만치 않았다.

아니, 수는 적으나 현재 섬에 있는 크라운의 전력을 넘어서고 있었다.

지이이잉!

마법이 완성됨과 동시에 프리야의 얼굴에 절망이 스치고 지나갔다.

섬 전체를 둘러싸고 있는 원형의 붉은 결계. 그것은 바로 고대의 마법이었다.

"앞으로는 외부 경계에도 심혈을 기울이셔야겠는데요? 아, 어차피 오늘 모두 죽으시겠지만."

여마법사가 웃으며 얘기하자 프리야는 의문을 풀 수 있었다.

마법사들 중에는 라탈 급도 있으나 모두가 그런 것은 아니었다.

또한 아폴레로 인해 마탈 급이 아니어도 고대의 마법을 시전하기 위해서는 마나석이 필요했다.

아무리 20명이란 인원이 힘을 합쳐도 이 정도로 넓은 범위에 고대의 마법을 시전하기 위해서는 그들만의 능력으로는 어려웠다.

한데 외부 경계라고 말했다.

내부에 몰래 들어와 마나 스톤을 심기 어려웠을 테니 그들은 에스의 결계 밖에서 미리 작업을 한 것이었다.

바로 물속에서 말이다.

"20분입니다."

여마법사의 말과 함께 웨이토는 고개를 끄덕였다.

고대의 마법은 한 번 시전하면 무한한 것이 아니었다. 시전자의 역량에 따라 질이나 유지 시간이 달랐던 것이다.

즉, 여마법사의 애기는 20분 뒤에 결계가 사라지니 그 안에 모두 끝내라는 뜻이었다.

"자네는 검은 생명을 원하는 것이 아니었나?"

프리야가 차가운 어조로 따져 묻자 웨이토는 어깨를 으쓱거렸다.

"검은 생명이란 사실을 알면서도 함께한 자네들 역시 죽어야 마땅하다고 생각하네."

"그렇군."

프리야는 말문을 닫으며 쓴웃음을 흘렸다.

분명 다른 이유가 숨겨져 있고 무엇인지 추측이 됐다. 하지만 그의 입으로는 전해 듣기 힘들 터였다.

어찌 됐든 저들은 크라운의 모두를 죽이기 위해 이 자리에 온 것이었고, 자신들은 살아남아야 한다.

못해도 20분 동안 최대한의 인명 피해 없이 버텨야 했다.

현재 전력으로는 라탈 급이 많은 저들이 우세하지만 블스의 첩보 부대가 도착하면 전세는 달라질 수 있었다.

"모두… 살아야 한다!"

검을 높이 치켜든 프리야의 외침과 함께 두 진영이 맞부딪쳤다.

서걱! 촤아악!

살이 베이는 소리가 난무하고 피가 사방에 튀었다.

그 속에서 프리야와 웨이토는 검에 마나를 싣고 서로를 노려보고 있었다.

이 둘 중 누가 살아남고 죽느냐에 따라 각 진영의 사기가 달라질 테고 승패에 영향을 미칠 것이다.

"자네와 꼭 한 번 다시 겨루고 싶었지."

웨이토가 만족스러운 미소를 흘리며 얘기했다.

어제저녁 리샤르에서 온 통신을 통해 오늘 계획에 대한 얘기를 들었다.

처음에는 아무리 동맹을 맺었어도 자신까지 나서야 되나 싶었지만, 리스네가 검은 생명과 벨라케를 맡는다고 하니 토를 달 수도 없었다.

또한 프리야가 함께 있다는 말에 투지가 불타올랐다.

과거 서로가 공작으로 있을 때 검을 섞은 적이 있었는데 자신이 패배했기 때문이다.

그 이후, 검을 섞을 기회는 찾아오지 않은 채 프리야가 사라졌었는데, 이렇게 다시 재회하게 된 것이다.

결국 웨이토는 리스네의 의견을 따르기로 결정했고, 자신의 기사 30명을 데리고 아침 일찍 리샤르로 와 대기하고 있었다.

그리고 리스네 소속의 기사, 마법사 20명과 함께 넘어오게 된 것이었다.

"그랬었나? 하나 오늘의 선택을 후회하게 될 것이네."

프리야가 차갑게 말하며 마나를 끌어올렸다.

'이 정도였던가.'

웨이토는 프리야에게서 폭발적으로 뿜어져 나오는 마나에 침을 꿀꺽 삼켰다.

패배한 이후 자신은 쉬지 않고 수련을 했다. 이전보다 더욱 혹독하게 말이다.

그런데 프리야는 그런 자신의 성장을 뛰어넘고 있었다.

"저희가 돕도록 하죠."

그때 곁에서 여인의 목소리가 들려 돌아보니 다섯 명의 라탈 급 마법사가 다가와 있었다.

"감히 나를 무시하는 것이냐!"

웨이토는 왠지 모르게 자존심이 상해 버럭 소리를 질렀다.

그러자 예상했다는 듯 마법사 중 한 명이 고개를 저으며 말했다.

"단지 완벽한 승리를 원할 뿐이옵니다."

웨이토는 이를 꽉 깨물고 프리야를 한 번 쳐다보더니 주먹을 부르르 떨었다.

일대일로 싸우고 싶다, 설령 패한다 할지라도. 하지만 이건

작은 전쟁과 같았다.

전쟁에서 중요한 것은 바로 승리였다.

"알겠다. 뜻대로 해라."

웨이토의 결정에 프리야는 아무런 토를 달지 않았다.

전쟁에서 일대일의 대결을 고집할 수는 없는 노릇이었고, 프리야는 긴장을 머금은 채 마나를 끌어올렸다.

가능한 최대한 빨리 웨이토를 쓰러뜨리는 것이 현재 자신이 해야 할 일이었다.

스로우의 돌격 부대가 가장 선두에 서서 맞서고 있었으며, 그 뒤를 프리야의 수호 부대가 따랐다.

궁수 부대와 마법 부대는 뒤에서 지원 사격을 하고 있었고, 살수 부대는 양 옆구리에서 적 마법사들 위주로 공격을 감행했다.

하나 적들이 기사들과 마법사밖에 없음에도 불구하고 상황은 좋지 않았다.

적들은 절반 이상이 라탈 급인데 반해, 크라운에는 현재 10여 명밖에 되지 않는 것이 가장 큰 이유였다.

그나마 샤인, 라인, 스로우 등 가디언, 부대장들의 활약과 궁수, 마법 부대가 잘 지키며 버티고 있었지만 점점 뒤로 밀리는 추세였다.

"하아, 하아!"

스로우는 얼굴에 튄 피를 닦을 틈도 없이 적들의 검을 막고 공격을 하며 거친 숨을 몰아쉬었다.

그런 스로우의 시선이 한곳에 멈췄다. 그것은 스로우뿐만 아니라 마주 보고 있는 여자도 마찬가지였다.

그녀는 바로 페이리였다.

"아쉽군."

스로우가 가라앉은 목소리로 말하자 페이리의 얼굴이 살짝 어두워졌지만 그녀는 언제 그랬냐는 듯 실소를 흘렸다.

"나는… 리스네의 곁에 있겠다고 결심했었으니까. 그렇기에 설령 악마라 할지라도 상관없어. 내가 선택한 길이잖아."

페이리는 그 말과 함께 검을 치켜올렸다. 불꽃이 휘몰아쳤다.

'무슨 말이지?'

그녀의 곁에 있던 나스크는 어리둥절한 표정으로 그 둘을 지켜봤다. 그것은 아네뜨도 마찬가지였다.

저 둘이 무슨 얘기를 나누는지 알 수 없었다.

"페이리."

"어, 웃었다?"

페이리는 상황도 잊은 채 두 눈을 크게 떴다.

그토록 오랜 시간을 함께했지만 스로우는 언제나 무표정이었다.

그래서 처음에는 얼굴이 굳어서 말도 못하는 게 아닐까 착각할 만큼 말이다.

한데 지금 자신을 바라보며 웃어주고 있었고, 페이리는 왠지 신났다.

비록 그 이유가 슬프다 할지라도.

"다시는 적으로 마주치지 않도록… 죽여주마."

"나와 생각이 일치했는데?"

페이리는 대답과 함께 스로우에게 웃음으로 보답하며 달려들었다.

"벨트라, 조심해!"

"오우, 고마운데?"

"칠칠맞지 못하기는."

뒤쪽에 있던 마법 부대의 스피네의 마법과 아이니의 정령으로 적의 공격을 피할 수 있었던 벨트라가 윙크하자 스피네와 아이니는 손짓을 하며 다른 이들을 도왔다.

예전이었더라면 시멘 용병단이 진을 형성해 전투를 펼쳤겠지만 각자 다른 부대에 속한 이제는 그럴 수 없었다.

"으아악! 허억! 허억!"

무식하다는 소리를 들을 정도의 괴력으로 한 명을 후려친 배커스가 숨을 헐떡거렸다.

힘으로만 따진다면 지지 않을 텐데 적들의 실력이 뛰어나다 보니 쉽지 않았다.

"젠장."

마나를 실어 계속해서 활을 날리던 스크푸는 아쉬움에 신음을 흘렸다.

정확히 미간을 노렸는데 닿기 직전 적이 스치며 피해 버린 것이다.

역시 괜히 라탈 급이 아니었다. 이런 치열한 사투 속에서도 위기를 느끼고 본능적으로 몸이 먼저 움직이는 것을 보니.

'메리아.'

크라운 마법사의 마법을 방해하던 적 마법사를 기습하고 재빠르게 빠지던 트라이는 뒤를 힐끔거렸다.

메리아는 마법 부대에서 모든 힘을 발휘해 크라운을 돕고 있었는데, 몸 곳곳에 상처가 나 있었다.

궁수, 마법 부대는 적들이 계속해서 노리고 있었기에 아무리 그들을 최대한 지켜주려고 해도 한계가 있게 마련이다.

그 상처 입은 메리아의 모습에 트라이는 없던 힘도 끌어올리며 움직였다. 메리아를 위해서라도 이 싸움을 빨리 끝내야 했다.

'에잇! 그때 가는 거였는데!'

마나 포를 남발하던 우드는 아직도 섬에 남아 있던 자신을 책망했다.

시드와 연관되어 있으면 언제나 목숨을 거는 전투를 펼쳐야 하는데 말이다.

이러면서도 떠나지 않을 것이란 사실을 알기에 더욱 짜증이 나는 우드였다.

라인은 초인족으로 변신해 힘겨운 싸움을 펼치는 와중에 연락이 안 되는 아버지인 벨케와 에스, 시드를 염려했지만 곧 고개를 저으며 전투에 집중했다.

샤인은 히유거리며 활발하게 움직이는 듯했지만 어느덧 상처가 점점 늘어나고 있었다.

또한, 예상외의 인물이 활약을 하고 있었는데 바로 파레토였다.

무구만 만들며 살아가는 그는 놀랍게도 라탈 급의 실력을 갖추고 있었으며 도끼를 든 채 싸우고 있었다.

그러면서 하염없이 자리에 없는 벨케와 시드를 욕하고 있었다.

"하아!"

프리야는 흐트러진 호흡을 가다듬으며 짧은 순간 동안 주위를 살폈다.

예상처럼 시간이 흐를수록 상황은 악화만 되어갔다.

어느덧 크라운의 사상자나 전투 불능의 부상자는 100명이 넘는 듯했고, 총 71명이었던 적은 50정도로 줄어 있었다.

이대로 간다면 결계가 깨어지는 순간에는 양 진영에 서 있는 수가 비슷해질 것 같았다.

"주위에 신경 쓸 여유도 있나?"

콰지직!

프리야는 검을 들어 올려 내려쳐지는 웨이토의 검을 막았다.

둘의 마탈 급 마나가 불꽃처럼 휘감겼다. 일대일이었을 경우라면 힘겨루기를 할 찰나 프리야는 다급히 몸을 비틀며 바닥을 굴렸다.

그 순간 마법사들이 빈틈을 노리며 마법을 시전하자 프리야가 서 있던 곳이 금이 가며 폭발했다.

"이제 얼마 남지 않았다. 버텨라! 버텨!"

자리에서 일어선 프리야는 마나를 실어 우렁찬 목소리로 외쳤다.

다수 대 다수에 있어 가장 중요한 것 중 하나가 바로 의지였다. 겁이 나고 나약해지던 이들은 프리야의 목소리에 재차 힘을 끌어올렸다.

그 사실을 파악한 웨이토 역시 마나를 실어 자신의 편에 사기를 충전시켜 줬고, 둘은 재격돌했다.

"하아!"

메리아는 고갈되는 마나를 느끼며 숨을 허겁지겁 몰아쉬었다. 그렇지만 이를 악물며 버텼다.

"위험하다."

지칠 때마다 조금 전 프리야의 말을 떠올렸다.

비상벨이 울렸을 때 메리아는 당연히 프리야를 따라 움직였다.

다른 이들에 비해 뛰어난 실력은 아니었지만, 다른 이트 급의 크라운은 모두 나가 있으니까. 또한 언제까지 보호만 받을 수는 없었다.

한데 프리야가 아직은 위험하다고 안 된다고 했다.

안다. 프리야가 왜 그랬는지를. 자신을 걱정하는 마음도 있겠지만 시드를 위해서일 것이다.

시드의 여자 친구라도 특별대우를 받지는 않았지만 이런 상황일 때는 언제나 우선적으로 보호를 받는다.

그러나 메리아는 고집을 꺾지 않았다.

틈날 때마다 마법에 열중해 어느덧 이트 급 상급에 이르렀다.

그런데 어찌 자신만 빠질 수 있다는 말인가. 모든 이트 급들도 싸우는데.

또한 시드를 위해서라도 더욱 피할 수 없었다.

결국 프리야는 메리아의 고집을 꺾을 수 없었고 조심하라는 당부를 남겼다.

'여기서… 쓰러지지 않아.'

메리아의 눈에 독기가 서렸다.

마나의 고갈뿐 아니라 적들로 인해 피해 다녀야 하며 상처를 입어 육체도 피로감에 젖었다. 이대로 쓰러져 쉬고 싶은 마음이 간절했다.

하지만 다치고 죽어가는 크라운의 사람들을 보니 그럴 수 없었다. 없던 힘도 만들어 모두를 살리고 싶었다.

파아앗!

"휴우, 위험했다."

급히 뒤로 물러선 트라이는 옆구리를 매만졌다. 마법사들을 노리다가 뒤에서 덮친 라탈 급 기사에게 일격을 당했다.

'조금 깊군.'

생명에 지장을 줄 정도는 아닌 듯했으나 계속해서 전투를 했다가는 몸에 무리를 줄 수 있을 법한 상처였다.

'메리아는 잘하고 있나.'

일단 급한 대로 포션을 꺼내 상처에 부은 트라이는 고개를 돌렸다. 그리고 그의 얼굴이 굳어졌다.

"죽어라!"

"어?"

20분이 가까워 오자 크라운의 수는 대폭 줄어들었으며, 이제는 궁수, 마법 부대를 지켜주기도 힘겨운 상황에 돌입했다.

그때 곁에서 들리는 외침과 함께 메리아의 고개가 자연적으로 소리가 난 방향으로 향했다.

만약 시드였다면 눈으로 확인하는 것이 아닌, 일단 몸을 굴려 자신이 서 있던 곳을 피했을 것이다.

하나 경험의 차이는 컸고, 돌아본 메리아의 목을 향해 검이 접근했다.

콰아앙!

메리아는 저도 모르게 두 눈을 질끈 감았다. 머릿속으로 시드를 비롯한 모두가 아주 빠르게 스쳐 지나갔다.

그러나 굉음과 함께 자신한테 아무런 일이 벌어지지 않자 메리아는 천천히 두 눈을 떴다.

"아저씨."

여러 이유로 눈에 눈물까지 맺힌 메리아가 그를 소리쳐 불렀다.

기사들이 접근하고 있다는 사실을 알아차린 트라이가 어느새 달려와 그녀를 지켜준 것이었다.

"감히 나의 여자를 건드리려 하다니!"

'누가 아저씨 여자예요!'

메리아는 상황도 잊은 채 웃음을 터뜨렸다. 정말 트라이는 변함이 없었다.

시드가 곁에 있는 지금도 매일 구박받고 혼나면서도 여전히 사랑을 속삭였으며, 예전과 다를 바 없이 대했다.

트으윽!

'이런.'

검을 맞대고 있던 트라이가 입술을 잘근 깨물었다.

상대는 자신보다 실력이 뛰어난 라탈 급이었는데, 마나를 가득 검에 싣자 옆구리의 상처가 재차 출혈을 일으켰다.

그 사실을 알아차린 메리아가 사색이 되어 다급히 치료 마법을 시전하고 있었지만 한계가 있었으며, 어느덧 기사들이 늘어나고 있었다.

"메리아, 도망쳐."

트라이가 낮은 어조로 말했다.

주위를 확인하니 모두들 도와줄 여유가 없는 듯했다.

다른 마법사들과 궁수들도 마찬가지였다.

이미 그들에게도 적들의 기사들이 붙어 있었고, 마법사들의 공격이 이어지고 있었다.

하지만 라탈 급의 기사가 한 명도 아닌, 세 명을 상대로는 도망치기도 쉽지 않았다.

하면 메리아라도 살리는 수밖에.

"싫어요."

"이런 바보. 말 좀 들어!"

메리아가 고집을 피우자 힘겹게 기사들을 막으며 트라이는 소리쳤다.

그럼에도 메리아는 곁을 떠나지 않으며 얼마 남지 않은 마나로 마법을 발휘해 적들을 방해하거나 트라이를 계속 치유했다.

"싫다고요! 왜, 왜 다들 자신들만 소중히 생각한다 하세요? 저도, 저도… 모두가, 아저씨가 소중하다고요! 왜 저는 소중한 사람들이 위험해도 도망만 쳐야 해요! 이젠 싫어요! 저도 지켜 줄 거예요!"

메리아가 울먹이며 소리를 질렀다.

"하, 하하, 이제 어른이구나."

트라이는 웃음을 터뜨리며 고개를 저었다.

"좋아, 버텨볼까."

분명 누군가가 위급 상황을 넘기면 상황을 살펴볼 것이다. 그때까지만, 그때까지만 메리아를 지켜야 한다.

한데 그 일은 지친 트라이에게는 너무나 힘겨웠다.

"커어억!"

“아저씨!!”

메리아의 찢어질 듯한 비명이 울려 퍼지고, 트라이의 배에서 검이 뽑혀져 나왔다.

투욱, 투욱.

새하얀 검신에 묻은 피가 흘러 바닥에 떨어졌다.

“아저씨! 트라이 아저씨……!”

메리아는 온몸을 부들부들 떨며 그를 불렀다. 이제는 마나도 바닥이 나 치유를 해줄 수도 없었다.

“지독한 놈.”

기사가 쓰러지려는 트라이를 향해 고개를 저으며 말한 뒤, 넋이 나간 듯한 메리아에게 걸음을 옮겼다.

하나 그의 바람은 이뤄지지 않았다.

트라이가 입에서 피를 토하고, 반쯤 눈이 감긴 상태에서도 메리아의 앞을 가로막았기 때문이다.

“이 아이는 건드릴 수 없다.”

“아저씨… 그만 해요. 제발 그만 해요.”

트라이의 복부에서 멈추지 않고 떨어지는 피를 보며 메리아가 울부짖었다.

그러나 트라이는 아무 소리도 들리지 않는 듯 메리아의 앞을 막아섰고, 기사들은 혀를 내두르며 달려들었다.

그때 메리아의 비명을 듣고 사태를 파악한 스피네와 아이니, 샤인이 나타났다.

그리고 시간은 흘러 어느덧 20분이 지났다.

“프리야님!”

“이놈들이!”

“감히!”

고대의 결계가 풀림과 동시에 블스와 니콜을 선두로 50명에 가까운 첩보 부대가 나타났다.

첩보 부대는 언제든지 위기 상황에 한곳에 모두가 모일 수 있도록 아지트 이동 주문서를 필히 챙기기에 거의 전원이 모인 상태였다.

“이런.”

웨이토의 얼굴이 잔뜩 찌푸려지며 아군의 전력을 살폈다.

현재 전투가 가능한 이들은 대략 30명 정도였으며, 적군은 50명을 더해 100명이었다.

이 정도면 해볼 만하기는 했지만 더 이상 이곳에 있을 수 없었다.

자신들은 더 준비된 아군이 없었지만 저들의 또 다른 지원군이 금세 또 올 수 있기 때문이었다.

‘충분하리라 믿었건만……’

벨라케와 검은 생명이 자리에 없기에 이 정도면 이길 것이라 판단했다. 동료가 있어봐야 몇이나 있겠냐는 판단에서였다.

그럼에도 만약을 대비해 라탈 급의 기사들을 데리고 온 것이었는데, 적들의 수가 예측 이상이었으며 실력도 뛰어났다.

그로 인해 승리를 쟁취하지도 못했고 말이다.

'플루닉을 하사받는 것인데……'

플루닉을 소유한 이들은 많지 않았다.

대부분은 일이 있을 때 실력에 맞는 플루닉을 잠시 맡게 되는데, 웨이토를 제외한 그의 기사들도 마찬가지였다.

한데, 웨이토는 기사들의 플루닉 사용 허가를 받지 않았었다.

그럴 필요도 없다고 느꼈지만 리샤르와의 관계도 한몫했다.

비록 지금은 손을 잡고 있어도 두 왕국과의 전쟁이 끝나면 적이 될 사이였다. 그렇기에 만약 이곳에서 플루닉이 잘못된다면 아카리는 불필요한 타격을 입게 되는 것이다.

다만 자신의 플루닉은 소환해야만 했다. 프리야가 소환했기 때문이다. 그로 인해 웨이토와 프리야의 플루닉은 일부 파손이 된 상태였다.

결과적으로 본다면 이긴 전쟁이었지만 웨이토는 불만족스러웠다. 손해 본 기분을 떨칠 수 없었던 것이다.

"돌아간다."

결국 웨이토는 후퇴 명령을 내리고 이동 주문서를 꺼냈다.

"프리야, 다음에는 절대 놓치지 않겠다."

스파아앗!

그 말을 남기며 웨이토는 프리야가 채 말도 하기 전에 이동 주문서를 찢었고, 죽었거나 의식조차 없는 이들을 제외하고는 곧 모두가 사라졌다.

털썩.

프리야는 다리에 힘이 풀리는 것을 느끼며 주저앉았다.

그 광경에 블스가 다급히 부축하려 했지만 프리야는 손을 저으며 만류했다.

"하, 하하……!"

프리야의 입에서 헛웃음이 새어 나왔다.

평화로웠던 곳이 잠깐 동안 피비린내와 시체로 가득해졌다.

그나마 이렇게 버틴 것도 플루닉의 영향이 컸다.

적들은 보유한 플루닉이 몇 기 없었지만 자신과 스로우, 그동안 모았던 에트 급 플루닉들이 힘이 되어줬다.

쏴아아!

하늘에서 빗줄기가 쏟아져 내렸다.

프리야는 피와 비가 홍건한 땅에 얼굴을 감췄고, 한참 동안이나 고개를 들지 못했다.

"아, 비 온다."

트라이가 하늘을 쳐다보며 누운 채 기분 좋은 듯 말하자 메리아가 그의 손을 잡았다.

스피네는 결국 울음을 참지 못하고 벨트라의 품에 안겼으며, 아이니는 고개를 떨어뜨렸다. 스크푸는 차마 보지 못한 채 하늘에 시선을 던졌고, 배커스는 그의 앞에 주저앉아 손으로 얼굴을 가리고 있었다.

"왜 그래?"

트라이가 애써 입가에 미소를 지으며 떨리는 손을 들어 올려 메리아의 볼을 닦았다.

하지만 아무리 닦고 닦아도 빗방울과 그녀의 커다란 눈동자에서 맺혀 흐르는 눈물은 멈추지 않았다.

"이제야 나의 매력에 반한 거냐!"

짓궂게 소리치던 트라이는 통증이 밀려왔지만 표정 하나 변하지 않게 노력하며 메리아의 머리카락을 쓰다듬어 줬다.

"잘 싸웠다."

메리아는 입에서 신음이 새어 나왔다.

트라이를 위해서라도 참고, 참으려 했는데 그게 되질 않았다.

"시드 오면 꼭 혼내줘야겠어. 자기 여자 하나 지키지 못하고. 이 자식."

힘겹게 웃고 있는 트라이의 두 눈에서 비인지 눈물인지 알 수 없는 물기가 흘러내렸다.

"이참에 나한테 시집오는 건 어때? 크큭."

계속해서 농담을 건네던 트라이가 잠시 말을 멈췄다. 그리고 숙이고 있는 메리아의 고개를 들게 하더니 옅은 미소를 띤 채 얘기했다.

"웃어. 너는 웃는 게 세상에서 가장 예쁜 여자이니까."

"아저씨."

"메리아, 친구들."

트라이가 살짝 목소리를 높여 부르더니 경례를 취했다.

“나… 잠깐만 잘게. 그리고… 고마웠다.”

그 말을 마지막으로 트라이는 깊은 잠이 들었으며, 다시는 깨어나지 못했다.

“아저씨.”

“어?”

스로우의 품에 안긴 페이리가 낮은 목소리로 그를 불렀다.

“누가 정의였을까?”

“모두가.”

정의에 차이는 존재하지 않는다고 생각했다.

설령 악인이고, 그 악인을 따르는 자라 할지라도 자신들이 하는 일이 스스로에게 정의라 믿을 테니 말이다.

단지 그 방법의 차이가 있을 뿐이다.

그렇기에 성군에게도 등을 돌리는 이들이 있고, 폭군에게도 진정 충성을 바치는 이들도 있는 것이다.

그들은 각자의 길에서 모두 자신의 정의를 위해 움직이고 판단하기에.

“나는… 리스네를 이해했어. 비록 삐뚤어진, 피로 쌓는 계단이라 할지라도… 그 아이를 이해할 수 있었어.”

“그래.”

“그 아이를 막아줘.”

“……”

스로우는 아무런 대답을 하지 않은 채 페이리를 내려다봤다. 페이리는 애써 웃으며 스로우를 눈에 담은 뒤 천천히 두 눈을 감았다.

"아네뜨… 많이 외롭겠다."

언제나 아네뜨와 단짝처럼 지내온 그녀였다.

아네뜨는 작지 않은 부상을 입어 의식을 잃었는데, 나스크의 도움으로 함께 빠져나갔다.

그는 떠나기 전 페이리에게 손을 내밀었다.

그녀의 상처가 깊어 곧 죽게 되리란 사실을 알았지만 죽더라도 리샤르에서 죽게 하고 싶었기에.

하지만 페이리가 거절했다.

그토록 미웠고 마음에 들지도 않았는데 왜인지 마지막은 스로우의 곁에 있고 싶었다.

"리스네도……."

그녀는 알고 있었다. 리스네의 가슴속에 자리 잡은 커다란 외로움을.

친구였지만 질투를 느끼기도 했으며 넘어서고 싶은 목표였던 그녀.

그런 리스네를 바라보면 항상 마지막에는 외로움이 보였었다.

"우리 그때… 즐거웠었는데……. 그때 우리의 순수는… 어디로 흩날린 걸까."

페이리의 감겨진 어둠 속에서 아무것도 모른 채 다 같이 웃던 시절이 떠올랐다.

기억 속 스로우는 여전히 웃고 있지 않았지만 그 역시 즐거워하고 있었던 것 같다.

"아저씨."

"어."

페이리가 힘겹게 두 눈을 떴다. 페이리의 입가에는 햇빛보다 찬란한 미소가 맺혀 있었다. 그리고 마지막으로 작게 속삭였다.

"안녕……."

CHAPTER 07
카란

"어, 어억……."

고대의 마법을 준비하고 있던 아폴레의 입에서 신음이 새어나왔다.

그녀의 두 눈은 부릅뜨고 있었는데 왜 이런 상황이 벌어졌는지 믿을 수 없다는 듯했다.

그것은 비단 그녀뿐 아니라 리스네, 에밀레, 벨케와 시드도 마찬가지였다.

"형님?"

시드가 자리에서 일어서며 중얼거렸다.

조금 전, 카란은 아폴레에게 향하는 벨케를 막아섰다. 그리고 공격을 받고 뒤로 밀려났었는데, 뒤에서 마나가 맺힌 검으로 아폴레를 찔렀던 것이다.

정확히 그녀의 심장에다 말이다.

콰지직!

그와 함께 카란은 다급히 곁에 있는 리스네를 노렸으나 이세스에 의해 막혀 버렸다.

"도대체 어떻게……."

리스네는 혼란스러웠다.

카란처럼 조종을 하는 마법에는 기간의 한계가 있지만, 그 기간이 끝나기 전에 계속해서 마법을 시전했었다.

마지막으로 시전한 게 한 달 전이었으니 그의 마법이 풀리기 전까지는 아직 시일이 남아 있었다.

한데 어찌 정신을 차렸다는 말인가.

"아하? 면역이 생긴 게 아닐까?"

카란은 그 말과 함께 이세스가 공격하자 시드가 있는 방향으로 물러섰다.

"카란 형님?"

시드의 목소리가 떨려왔다.

"여어, 잘 지냈냐?"

"카란 형님!!"

시드는 돌아서서 웃는 그의 품에 달려가 안겼다.

포션으로 치료를 했다지만 아직도 상처에서는 피가 흐르고 있어 움직이면 안 되는 상태였지만 시드는 상관하지 않았다.

카란이었다. 그의 음성이었으며, 그의 말투였고, 따듯한 품이었다.

"형님… 형님……."

시드는 울음을 참지 못한 채 그를 불렀다.

처음 살수로서 자신을 죽이러 오면서부터 시작된 인연. 오 랫동안 잃어야 했던 그 인연이 다시 돌아왔다.

"미안했다."

카란이 시드의 머리카락을 쓰다듬었다.

그 후, 잠시 시드를 품에서 떼어놓으며 상처를 살펴보더니 마나를 불어넣어 줬다.

그뿐 아니라 카란은 미약하게 숨을 쉬고 있는 에스에게도 다가가 자신의 마나를 주입시켰다.

"이제 어쩔 테지?"

그 광경을 지켜보던 벨케가 리스네와 에밀레를 보며 물었 다.

라탈 급들은 모두 전멸했으며, 아폴레는 전투 불능의 상태 였다. 에밀레 역시 완벽하게 회복이 되지 않았다.

그로 인해 남은 전력은 리스네와 이세스, 에트 급의 아폴레 군단뿐이었는데 아무리 지쳐 있다 할지라도 카란과 힘을 합친 다면 해볼 만했다.

그뿐 아니라 아폴레가 저리 되면서 고대의 마법도 깨진 상 태였고, 도망친다 해도 리스네는 자신들을 잡을 수 없을 것이 었다.

바르르.

힘을 꽉 준 리스네의 주먹이 심하게 요동쳤다.

이번만큼은 정말 끝이라고 확신했다. 아무리 시드와 벨라케라 할지라도 빠져나갈 구멍은 물론 승산도 없었다.

그런데 전혀 예상치 못했던 변수가 나타나면서 또 실패하고 말았다.

"리스네!"

숨을 헐떡거리는 아폴레에게 치유 마법을 시전하고 있던 에밀레가 소리쳤다. 고민할 시간도 없다는 뜻이었다.

결국 리스네는 숨을 짧게 한 번 내쉰 뒤 애써 아폴레를 부축했다.

그리고 시드와 카란을 번갈아 쳐다보며 애써 웃더니 곧 이세스를 역소환했고, 텔레포트를 시전했다.

사라지는 리스네의 두 눈빛은 웃고 있는 입과 달리 분노에 불타오르고 있었다.

찌이익.

"에?"

이동 주문서를 찢은 벨케가 의아한 신음을 흘렸다.

원래라면 추적 마법을 피하기 위해 다른 곳으로 움직였다가 섬으로 돌아갔겠지만, 어서 에스를 치유해야 하기에 곧바로 돌아가기로 결정했다.

그런데 아무런 반응이 없었다.

"제가 해볼게요."

그 광경을 지켜보던 시드가 마법 주머니에서 이동 주문서를 꺼내 찢었다. 하나 결과는 마찬가지였고 벨케와 시드의 얼굴이 굳어졌다.

"설마……."

한 번은 그럴 수 있다지만 시드의 것까지 잘못됐을 리가 없었다.

즉 지금 섬은 침입을 받고 있으며 고대의 마법이 시전됐다는 얘기였다.

"지금쯤… 웨이토와 리스네의 병력이 도착했을 거다."

"형님, 그게 무슨?"

카란이 사정을 알고 있다는 듯 얘기하자 시드가 다급히 되물었다.

"일단 이곳을 벗어나서 얘기하도록 하자."

그런 시드를 벨케가 만류하며 단체 이동 주문서를 꺼냈다.

리스네가 돌아갔다 하지만 아폴레를 에밀레에게 맡기고 전력을 보충해서 돌아올 수도 있었기 때문이다.

벨케의 곁으로 시드와 에스를 안은 카란이 다가갔고, 이동 주문서가 찢어지면서 새하얀 빛무리에 휘감겼다.

"리스네."

시드는 치를 떨었다.

어느덧 섬의 위치를 파악하고 자신들을 노리면서, 동시에 섬까지 기습할 줄이야…….

"현재로선 계속해서 시도하는 수밖에 없겠군."

벨케가 걸음을 멈추지 않으며 애기했다.

현재 이동한 곳은 마르트의 서쪽 외곽 지역이었는데, 카란의 애기를 전해 듣고는 바로 왕궁으로 갈까 고민했다.

감시자들이 있다 하지만 지금은 그게 중요한 것이 아니었으니까.

하지만 곧 생각을 바꾸게 됐다.

고대의 마법이 펼쳐진 동안엔 게이트도 사용할 수 없었으며, 왕궁에서 섬으로 가기에는 꽤 오랜 시간이 걸렸던 것이다.

물론 섬 근처에 저장된 이동 주문서로 이동해서 간다면 시간은 단축될 터이지만 그보다는 고대의 주문이 해제되는 게 더 빠를 터였다.

아폴레, 리스네, 에밀레, 세 명의 마탈 급이 모두 자신들과 있었기에 섬에 마탈 급 마법사가 같이 갔을 가능성은 존재하지 않았다.

카란의 애기를 들어도 그러했고 말이다.

그렇기에 여러 마법사들이 힘을 합친다 해도 짧으면 10분, 길면 30분 사이에 분명 고대의 마법은 깨질 것이다.

지금으로서는 크라운을 믿는 수밖에 없었다.

"다시 이동하자."

5분 정도를 걸은 뒤에서야 벨케는 재차 이동 주문서를 찢었다.

이번에 도착한 곳은 섬과 50여 분 떨어진 거리에 위치한 마을의 숲이었다.

그곳에서 벨케는 더 이상의 이동을 하지 않고 바닥에 주저 앉으며 시드에게 쉬라고 손짓했다.

"에스님은 괜찮으실까요?"

시드가 자신의 상처 입은 부위를 매만지더니 에스를 바라보며 말했다.

"글쎄… 자기 자신과의 싸움이겠지."

에스의 외상은 깊은 편이 아니었기에 목숨에 지장은 주지 않는다.

다만 문제는 악마의 힘을 빌리는 와중에 육체에 한계가 왔고, 그 상태에서 고대의 마법까지 시전하면서 내부가 엉망이 된 점이었다.

또한 한계가 온 육체도 어찌 될지 알 수 없었다.

"아참, 형님."

"어?"

에스에게 마나를 불어넣어 주고 있던 카란이 고개를 들었다.

"블스, 니콜님도 같이 있어요. 검은 달의 많은 이들도요."

"그래?"

카란의 얼굴이 환해졌다.

안 그래도 정신을 차리고 나서는 그들 생각이 났었는데 시드와 함께 있을 줄이야.

'하지만……'

한 손으로 잠시 가슴을 매만진 카란의 얼굴에 그늘이 졌다.

단, 아주 짧은 순간이었기에 벨케도 시드도 눈치채지 못했다.

투툭.

그때 하늘에서 비가 내렸고, 벨케가 무심결에 이동 주문서를 꺼내 찢었다.

찌이익. 스파앗!

"어? 형님!"

시드가 환하게 웃으며 카란을 쳐다봤다.

벨케가 사라졌다는 것은 드디어 고대의 마법이 풀렸다는 뜻이다.

"어서 가죠."

그리고 곧바로 에스를 안은 카란의 곁에 붙은 시드는 섬으로 향하는 단체 주문서를 찾아 찢었다.

제발 모두가 무사하기를 간절히 바라며.

*　　　　*　　　　*

"스승님, 스승님!"

"하아… 하아……."

"어때?"

리스네가 묻자 에밀레는 천천히 고개를 저었다.

정확하게 심장이 관통됐다. 현재로서는 살릴 방법이 없었다.

그나마 계속해서 마법을 시전하고 마나를 불어넣어 준 탓에 지금까지 숨을 쉬고 있지만 곧 그 숨도 끊어질 것이다.

"오너라."

그때 힘겹게 눈을 뜬 아폴레가 리스네를 향해 손짓했다.

리스네의 두 눈동자에서는 쉴없이 눈물이 볼을 타고 흘러내렸다. 그녀는 괴로운 표정을 지으며 아폴레에게 다가갔다.

마지막 유언을 남길 것이란 사실을 리스네도 에밀레도 알 수 있었다.

"알… 겠느냐?"

"알겠어요. 꼭 그리하겠어요."

리스네는 고개를 끄덕이며 아폴레를 끌어안았고, 곁에 있는 에밀레는 맺힌 눈물을 닦으며 고개를 숙였다.

가슴이 답답해졌다. 마치 누가 쥐어짜는 듯이 아파왔다.

비록 오랜 시간을 떠나 있었고, 그녀의 성품과 정치를 좋아하지 않아 마찰도 빚었지만, 그래도 하나밖에 없는 스승님이자 또 다른 어머니였다.

"그리고 리스네."

"네."

"우리의 마법을 해제시키마."

"싫어요. 차라리 스승님과 같이……."

"리스네."

아폴레가 온화하게 웃었다. 리스네는 물론 에밀레조차 처음으로 보는 표정이었다.

“너는… 나의 유언을, 복수를… 해야 한다.”

리스네는 손으로 입술을 틀어막은 채 힘겹게 고개를 끄덕이며 속으로는 웃음꽃을 피웠다.

그러자 아폴레는 최후의 힘을 끌어내 자신이 죽으면 리스네도 죽게 되는 마법을 해제시켰다.

“너희들을 믿는다.”

“스승님… 스승님!”

“스승님!!”

리스네와 에밀레는 누가 먼저라 할 것 없이 아폴레를 부여잡았다. 하지만 아폴레는 더 이상 숨을 쉬지 않았다.

삐뚤어진 사랑에 상처 입히고, 상처 입고, 오랜 시간을 복수와 야망을 위해 살아온 아폴레의 죽음이었다.

“도대체 이게 무슨 일입니까!”

“아니… 어찌 이런 일이!”

그때 상황을 보고받고 달려온 귀족들의 목소리가 들렸다.

스으윽.

리스네가 자리에서 일어섰다. 그녀의 두 눈은 증오로 불타오르고 있었다.

이토록 많은 귀족들 앞에서는 거의 보인 적이 없는 표정이었다.

“여왕 폐하가… 여왕 폐하가……!”

리스네는 차마 말을 잇지 못하다 결국 아폴레의 죽음을 전했다.

　더불어 목청에 핏대까지 세우며 이 모든 것이 검은 생명인 시드로 벌어진 일이고, 시드는 물론 그와 관련된 모든 이들, 나아가 순순히 내놓지 않은 마르트까지 절대 용서하지 않을 것임을 전했다.

　그런 리스네는 마치 또 다른 여왕의 모습을 보는 듯했으며, 귀족들은 하나 되어 그녀의 말에 수긍하며 목청을 높였다.

　'꼭… 이룰게요.'

　금빛 천에 덮이는 아폴레를 바라보며 리스네는 다짐했다.

　'당신이 아닌 나를 위해.'

　천에 뒤덮인 아폴레를 바라보며 에밀레는 무심결에 고개를 들어 리스네를 올려다봤다. 그와 함께 에밀레의 눈빛에 의문이 감돌았다.

　리스네는 슬퍼하고 있었다. 귀족들 앞이라 눈물을 참는 듯했지만 결국엔 맺혀 흘렀다. 오랜 시간 함께해 왔으니 당연한 반응이었다.

　한데 아주 짧은 순간이었지만 분명, 분명 그녀의 입꼬리가 올라갔다.

　"하아……!"

　리스네는 지친 몸으로 의자에 앉으며 두 눈을 감고, 섬에 보냈던 여마법사의 얘기를 떠올렸다.

　"실패했다라……."

　리스네는 쓴웃음을 흘렸다.

섬의 전력이 어느 정도인지 알 수 없었지만 웨이토와 자신의 기사, 마법사들이면 충분하리라 판단했다.

시드가 마르트에 있을 때부터 자리를 잡았다고 할지라도 그 기간은 길지 않았으며, 그 셋이 자리를 비우기에 큰 걱정을 하지 않았던 것이다.

비록 프리야가 있다고는 하지만 웨이토 역시 마탈 급의 기사였으며, 많은 수의 라탈 급을 대동했기 때문이다.

그럼에도 바랐던 무엇도 이뤄지지 않았다.

웨이토에게 부탁하기를, 전멸이 불가능하다면 프리야와 스로우의 목이라도 가져와 달라고 했었는데…….

물론 총체적으로 봤을 때는 이득이었다.

시드의 세력은 대폭 줄어들었으며, 이쪽에도 피해가 있다 하지만 웨이토가 더 큰 손해를 봤다.

일부 기사, 마법사들이 희생되고, 양쪽 진영에 더 큰 피해를 입힌 것이다.

'떠나겠지.'

마음 같아서는 재차 병력을 이끌고 괴멸시키고 싶었지만 그들은 바보가 아니었다.

위치가 발각된 이상, 분명 섬을 버리고 피했을 터다.

'페이리.'

리스네는 그녀를 떠올렸다.

만약 아폴레의 일이 아니었더라면 아네뜨가 그 일로 지금 당장 자신한테 달려와 안겨 울고 있었을 것이다.

스으윽.

말없이 일어나 진열대에서 두 개의 술병을 챙겨온 리스네는 탁자 위에 세 개의 잔을 내려놓고 술을 따랐다.

페이리의 잔에는 그녀가 좋아하던 술을, 아폴레의 잔에도 그녀가 좋아하던 술을, 그리고 자신의 잔에는 두 술을 섞어서 따랐다.

"울고 싶다."

저도 모르게 중얼거린 리스네가 두 눈을 치켜떴다.

"내가 지금 뭐라고 한 거지? 하, 아하하!"

리스네는 고개를 설레설레 저으며 웃음을 터뜨렸다.

울고 싶다니? 자신이 도대체 왜 울고 싶다는 말인가?

아폴레는 어차피 처치할 계획이었다. 스승이든 또 다른 어머니이든 자신의 앞길을 가로막고 있으니까.

페이리 역시 다를 바 없었다.

그 정도의 실력을 가진 이들은 얼마든지 있었으며, 친구 따위는 필요하다고 느끼지 않았으니까. 단지 이용할 뿐이었다.

그리고 원하면 죽을 때까지 누군가 곁에서 수다를 떨게 할 수도, 필요한 건 사람이라도 가질 수 있는 자신이었다.

그런데, 그런데 도대체 왜 울고 싶다는 말인가! 자신이 눈물을 흘린다면 보여주기 위한 거짓인데!

와장창!

리스네가 거칠게 손에 쥐인 술병을 집어 던졌다.

쫘아악!

리스네는 자신의 입술을 피가 날 정도로 깨물었다.

눈물? 슬픔? 그리움? 우스운 단어였다.

손에 피를 묻히고, 시체로 계단을 쌓아 올라온 자신이 느껴서는 안 될 감정들이었다.

한데 자꾸만 아폴레의 온화한 미소와 페이리의 천진난만한 웃음이 떠올랐다.

얼굴을 감싸 안은 리스네의 두 손이 젖어갔다.

*   *   *

벨케와 시드, 에스, 카란이 도착했을 때 섬은 슬픔에 가득 차 있었다.

20분이라는 짧은 시간 동안 사랑하는 가족과 동료들을 잃었으니…….

하지만 슬픔에 젖어 있을 시간도 없었다. 적들이 언제 다시 찾아올지 모르기에 모두는 섬을 떠날 채비를 하고 있었다.

"마스터."

"마스터, 마스터……."

시드를 발견한 크라운의 이들이 하나 되어 불렀다.

엉망진창인 시드와 벨케, 에스의 몰골을 보니 무슨 일이 있었는지, 왜 통신조차 되지 않았는지 이해가 됐다.

"죄송… 합니다."

시드는 마법사들에게 에스를 부탁한 뒤 모두의 시선을 바라보다 고개를 숙였다.

자신만 아니었더라면 모두가 이런 비극을 맞이하지 않았을 텐데, 또한 자신이 이토록 부족하지 않았더라면 막을 수 있었을 텐데…….

자책감이 심장을 비수처럼 파고들었다.

"마스터가 왜 죄송합니까!"

"맞아요. 저희는 모든 일을 알면서 각오하고 함께했습니다."

"고개를 드세요. 마스터도 최선을 다해 싸우고 오셨지 않습니까."

"그 누구도 마스터를 원망하지 않습니다."

그런 시드를 향해 살아남은 이들의 외침이 곳곳에서 터져 나왔다.

하나 목소리에 가득 젖어 있는 슬픔마저는 어찌할 수 없었고, 그 배려가 시드를 더욱 가슴 아프게 했다.

"일단 이곳을 벗어나야 한다. 준비가 끝났다면 모두 모이도록 해."

벨케가 프리야에게 얘기한 뒤 시드의 어깨를 툭 쳤다.

"크라운을 위해, 너를 위해 싸운 이들을 잊지 마라. 그들의 생명은 이제 너에게 맡겨진 것이다."

"……."

마치 시드의 속내를 아는 듯한 벨케의 얘기.

시드는 아무런 대답도 하지 않은 채 울 것 같은 눈으로 자신의 어깨를 매만졌다.

무거웠다. 주저앉으면 다시는 일어서지 못할 만큼 무겁게
느껴졌다.

"어디로 가는 것이죠?"

벨트라가 다가와 물었다.

"이럴 때를 대비해 에스가 준비해 뒀다. 우리가 갈 곳은 마
녀의 섬이다."

"그렇군요."

마녀의 섬은 그 누구도 찾지 않는 곳이며 에스의 몬스터 군
단이 존재했다.

또한 이곳을 버려야 할 때가 올지도 모른다고 판단한 그녀
는 마녀의 섬으로 향하는 단체 텔레포트 이동 주문서를 벨케
에게 줬었다.

물론 언제, 누구한테 위기가 닥칠지 모르는 일이니 프리야
와 시드를 비롯한 몇 명한테도 말이다.

"자, 출발한다."

벨케는 외침과 함께 이동 주문서를 찢었고, 크라운의 살아
남은 이들은 마녀의 섬으로 이동했다.

"미안해요."

시드는 묘 하나하나를 돌아다니며 같은 말을 반복했다.

죽은 이들의 시신을 이곳까지 함께 옮겨왔기에 묘를 만들
수 있었으며, 그 수가 자그마치 150명이었다.

"……."

그런 시드가 마지막으로 멈춰 선 곳은 트라이의 묘 앞에서
였다.

"와, 와하하!"

시드는 억지로 웃으며 흙으로 덮어두기만 한 초라한 묘를
매만졌다.

"이게 뭐에요? 메리아를 혼자 두고 가는 게 어디 있어요."

얘기를 하는 시드의 얼굴이 점점 일그러졌다.

추한 모습을 보여주고 싶지 않은데, 다른 사람은 몰라도 트
라이한테만은 싫은데, 도저히 참을 수가 없었다.

"아저씨, 이상한 짓만 안 한다면 메리아 안아도 뭐라 하지
않을게요. 구박도 안 할게요. 네? 그러니깐 일어나 봐요."

시드의 목소리는 어느덧 울부짖음으로 변하기 시작했다.

"싫다고요. 이런 거 정말 싫다고요. 그런데 아저씨마저 이
러면 어떻게 해요. 숨이 막히는데, 죄책감에! 미안함에… 숨조
차 쉬기가 힘든데… 왜 아저씨마저 이래요!"

시드는 그의 묘에 고개를 파묻으며 소리쳤다.

언제나 쓰러지지 않고 맞서며 살아온 시드였다.

마스터가 된 이후에는 더욱 나약한 모습을 보이고 싶지 않
았고, 지치거나 괴로운 마음은 숨기려고 노력했다.

하지만 오늘만큼은 아무리 이를 악물어도 되지 않았다.

결국 그 모든 것들은 눈물이 되어, 통곡이 되어 쏟아져 흘렀
다.

주위에 크라운의 사람들이 있음에도 불구하고 지금은 우는

것 외에 다른 그 무엇도 떠오르지 않았다.

단 1분이라 할지라도, 또다시 자신의 감정을 철저히 감춘다 할지라도 지금은, 지금은…….

"오빠…….."

그 모습을 뒤에서 지켜보고 있던 메리아는 다가가지도 못한 채 주저앉아 버렸다.

흐느끼고 있는 시드의 뒷모습에서 그의 심정이 지금 얼마나 처절한지 느낄 수 있었다.

"시험이 될 것이다."

"시험이요?"

어느새 프리야가 곁에 다가와 시드를 안타깝게 쳐다보며 말했다.

"그래, 군주의 시험. 시드는 크라운의 마스터이지. 규모의 차이가 있을 뿐 왕의 자리와 다를 바가 없단다."

프리야가 한숨을 크게 내쉬었다. 저 작은 아이에게 왜 이토록 큰 시련들이 따라다니는지…….

"자신이 자리를 비운 사이에 수많은 이들이 죽어나갔지. 소중한 이들의 죽음은 경험해 본 적이 있으나 지금 같은 경우는 처음일 것이다. 그로 인한 슬픔, 지켜주지 못했다는 죄책감이 머릿속을 채울 테고, 무능함마저 느낄지 모른다. 또한… 리스네와의 관계로 인해 모든 일이 자신 때문이라 생각할 테고 말이다."

프리야는 지금 시드의 입장을 경험해 봤었기에 잘 알고 있었다.

그날 아폴레의 반란 때 자신의 판단으로 인해 기사들이 고문을 당했고, 죽음을 맞이했다.

그때 얼마나 비통했으며 자책했고 무너졌던가.

그걸 저 어린 시드가 겪어내고 있었다.

'아니… 내가 겪은 것보다 더욱 무겁겠지.'

시드는 현재 대륙의 적인 입장이었다. 그런 와중에 이런 일까지 벌어졌으니…….

"이 시련을 극복한다면 시드는 더없이 훌륭한 군주가 될 테고, 만약 이겨내지 못한다면… 하지만 나는 시드를 믿는다."

"저도 믿어요. 그런데, 그런데……."

"그런데?"

"너무 가여워요. 차라리 오빠가 모든 것을 잊길 원할 만큼."

프리야는 메리아를 말없이 안아줬다.

그런 시드를 곁에서 지켜만 봐야 하는 메리아의 심정은 또 오죽할까.

"아참, 깨어나셨나요?"

메리아가 퉁퉁 부은 눈을 비비며 묻자 프리야의 안색이 살짝 어두워지며 고개를 저었다.

에스는 벨케를 비롯해 마법사들의 여러 치료를 받았지만 아직도 의식을 차리지 못하고 있었다.

마치 검은 생명을 사용해야만 했던 시드의 상태처럼 말이다.

일단 모두가 돌아가면서 마나를 불어넣어 주고 있었는데 어찌 될지 확신을 할 수 없는 상태였다.

프리야 역시 조금 전까지 자신의 마나를 넣어주다가 시드가 걱정되어 잠시 나온 것이었다.

"그녀는… 시드처럼 강한 사람이란다. 곧 깨어날 것이다. 믿자꾸나. 시드도 에스도."

"카란."

"여어, 마스터."

"이 자식."

블스가 눈물을 글썽이며 카란을 와락 끌어안았다.

"어어, 이거 왜 이래? 남자는 취미없는데? 크큭."

"이럴 때는 취미 좀 가져 봐라!"

카란의 짓궂은 농담에도 불구하고 블스는 떨어질 줄을 몰랐다.

아까 처음 카란을 확인했을 때 자신의 눈을 의심했다. 하지만 아무리 보고 또 봐도 카란이었고, 저도 모르게 환호성이 나올 뻔했다.

하지만 모두가 슬퍼하고, 얼른 벗어나기 위해 바삐 움직이는 와중이었기에 그럴 수는 없었고, 카란만 들을 수 있도록 인사를 나눴다.

그리고 이제야 사람들의 시선이 없는 데서 속내를 드러내는 것이다.

"다들 잘 지냈지?"

카란이 환하게 웃으며 주위를 둘러보며 묻자 전 검은 달의 살수들이 각자의 방법으로 반가움을 표시하며 고개를 끄덕였다.

삐엉! 우당탕!

"혼자서만 안고 있어."

블스가 카란에게서 떨어질 줄을 모르자 인내심에 한계가 온 니콜이 그의 엉덩이를 걷어차며 손을 털었다.

"여, 더 예뻐졌는데?"

"예전부터 예뻤거든?"

"그랬나? 가슴도 더 커졌고 말이야. 좋아, 좋아."

주물주물.

"그 손모가지 한번 잘려봐야 정신 차리지?"

자연스럽게 니콜의 가슴을 주무르던 카란은 그녀의 전신에서 살기가 피어오르자 황급이 손을 뗐다.

"크큭. 성격도 여전하군. 너희 둘은 잘 지냈냐?"

"그럼요. 흐윽흐윽!"

"얼마나 보고 싶었… 흐윽!"

카란이 돌아보며 묻자 로이스와 필시아가 눈에서 홍수를 일으키며 훌쩍거렸다.

"그동안 미안했다."

카란은 진심을 담아 모두에게 전했다.

블스를 통해 그동안 어떤 일이 있었는지 자세히 알 수 있었다.

"너도 어쩔 수 없었잖아. 자, 이제 네 얘기 좀 해봐. 도대체 어떻게 된 거야?"

"그게 말이지……."

카란이 볼을 긁적이며 말문을 열었다.

모든 것은 시드가 사라진 때에서 시작됐다.

시드의 행방을 찾고 있던 카란은 지정된 의뢰를 받고 일을 처리하러 떠났다.

그때만 해도 아무런 문제가 없었다. 목표를 제거했으며 이제 돌아가기만 하면 되는 일이었다.

한데 리스네가 나타났다.

처음 카란은 우연히 만난 것이라 생각했는데 곧 의문을 품었다.

먼저 우연히 마주칠 곳이 아니었다. 현재 그는 목표가 휴식을 취하고 있는 계곡에 와 있었기에.

즉 위치를 알려준 의뢰인이거나 미행을 하지 않은 이상 만날 확률은 극히 희박했다.

또한 그녀가 자신을 봐도 놀라거나 반가워하지도 않은 채 웃는 얼굴로 바라보고 있었던 것이다.

카란은 불길함을 느끼며 주위를 감지했다. 하지만 리스네를 제외하고는 그 누구도 없었다.

그리고 리스네가 권유를 했다. 자신의 기사가 되지 않겠느냐고.

카란은 특유의 놀리는 말투로 단번에 거절했다. 그러자 리스네는 본색을 드러냈다.

자신의 편이 되지 않는다면 살려두기에 위험한 존재라면서.

그와 함께 이세스의 플루닉이 소환됐고, 카란은 패배하고 말았다.

죽음을 앞두고 있는 그때 리스네가 재차 권유했고, 카란은 시드에 관해 물었다. 그러자 리스네는 숨기지 않고 알려줬다.

어차피 카란에게 펼쳐진 길은 죽거나 자신의 꼭두각시가 되는 것뿐이었으니.

카란은 갈등했다. 목숨을 구걸하면서까지 살고 싶은 마음은 없었다. 그녀의 개가 되어 살아가고 싶지도 않았다.

하지만 시드의 복수를 해주고 싶었다.

결국 카란은 리스네의 꼭두각시가 되는 길을 선택했다.

스스로든, 혹은 누군가의 도움으로든 언젠가는 깨어나리라 믿으며.

"시드."

"카란 형님!"

멍하니 하늘을 바라보며 앉아 있던 시드가 환하게 웃으며 돌아보자 카란은 실소를 흘리며 그의 머리통을 쥐어박았다.

"컥! 왜 이러십니까!"

"크큭. 오랜만에 때려달라고 하는 것 같아서."

뻔뻔스럽게 아무렇지 않은 표정으로 대꾸하는 카란.

"아, 그러셨어요?"

이를 갈던 시드는 문득 과거를 떠올리며 웃음을 터뜨렸다.

카란의 안내로 그리폰의 추억이 어린 곳을 돌아다녔던 그 날, 장난으로 툭툭 치다가 나중에는 진심으로 서로 검까지 뽑아 들지 않았던가.

"그때도 이랬었죠."

"네놈이 속이 좁았으니깐."

"거참, 누구의 속이 더 좁을까?"

"지금 물어보는 속 좁은 놈."

이글이글!

옛날로 돌아간 듯 무슨 말만 꺼내면 자존심 싸움이 붙는 두 사람!

그 익숙한 흐름을 먼저 깬 것은 카란이었다.

"시드, 나에게는 밝은 척 안 해도 된다."

"……."

시드는 쓴웃음을 흘리며 고개를 숙였다.

의지했던 사람이라서 그럴까. 카란이 곁에 있으면 마냥 기대고 속내를 드러내고 싶어졌다.

"이거 받아라."

"뭔데요?"

카란이 마법 주머니에서 구슬을 하나 꺼내 건네줬다.

"리샤르와 아카리가 동맹을 맺을 때의 영상이다."

"뭐라고요?"

시드는 자신의 귀를 의심하며 되물었다. 동맹이라니?

"일단 봐봐."

지이잉.

카란의 재촉에 시드는 구슬에 마나를 불어넣었다. 그와 함께 영상이 나타났다.

그 영상에는 웨이토가 아폴레와 만나 아카리와 동맹을 맺고 발라스와 전쟁을 치르자는 내용이 담겨 있었다.

"아카리와 리샤르는 발라스와의 전쟁을 준비하고 있었다. 그때는 폐쇄적인 마르트가 방관하리라 믿었기 때문이다. 한데 마르트의 왕권이 변하고 개방하면서 그들은 고민했을 것이다. 만약 마르트가 돕게 된다면?"

"그래서 목표를 마르트로 변경했다?"

카란이 고개를 끄덕였다.

"그래. 때마침 검은 생명에 대해 알게 되면서 계획이 변경된 것이지. 명분을 만들 수 있게 됐으니까. 또한 약점이 잡힌 발라스로서는 전쟁을 원하지 않아도 그들을 따를 수밖에 없고."

"한데 만약 마르트에서 저를 넘긴다면?"

카란은 피식 웃었다. 어떨 때 보면 정말 사악하고 잔머리가 좋은데 이럴 때는 또 순진했다.

"분명 그러지 않을 것이라 믿었겠지만 그리되도 상관없었겠지. 일단 너를 확실히 처치할 수 있게 될 테고, 검은 생명으로 또 다른 명분이 만들어지니까."

"다른 명분이라면……."

"신전을 침입했고 악마의 봉인을 해제한 것만으로도 죄가 되잖아. 또한 마르트의 왕은 그 사실을 알고 있으면서도 묵인 했고. 뭐, 이리된 상황에서는 검은 생명을 제외하더라도 명분 이 생기겠지. 진실은 만들어내기도 하는 법이니까."

시드는 고개를 끄덕였다.

세 왕국이 협심하여 몰아붙인다면 진의를 모르는 소국들이 나 많은 이들은 그게 진짜라 믿을 수 있으니.

"그런데 형님은 이걸 어떻게?"

"아, 그게 말이지."

사실 카란의 마법은 오늘 풀린 것이 아닌, 몇 달 전부터였 다.

새로 세뇌를 시켜야 할 시기가 다가올 때마다 그런 현상이 나타났는데, 대단히 혼란스러웠다.

원래 자신의 기억과 세뇌가 된 상태에서의 기억이 뒤죽박죽 엉켰기 때문이다.

세뇌가 됐을 때의 기억은 시일이 오래 지나지 않은 기억들 이었다.

그리고 자책감에 괴로워했다.

아무리 세뇌 상태였다고는 하지만 자신이 저지른 끔찍한 짓 들 때문이었다.

또한 시드를 죽일 뻔했던 기억도 남아 있어 스스로를 원망 하기도 했다.

언젠가는 깨어나서 시드의 복수를 하겠다고 꼭두각시가 된 것인데 오히려 죽이려 했다니.

물론 시드가 살아 있어 한편으로는 안도하기도 했지만 말이다.

다만 세뇌 상태가 아닐 때의 시간은 대단히 짧았는데 최근에는 조금씩 길어지기 시작했다.

"그러다 다시 깨어났는데 가면의 기사일 때의 기억에 남아 있더군. 그들이 동맹을 맺었고, 아폴레가 혹시 일이 잘못됐을 때 그들을 협박용으로 쓰기 위해 영상을 남겼고, 그 영상을 리스네에게 맡긴 일을. 그래서 몰래 빼돌렸는데 금세 가면의 기사로 돌아갔다가 조금 전에 깨어나게 된 거지."

"잠깐, 그렇다면……."

시드가 걱정스런 눈길로 카란을 쳐다보자 그는 고개를 저었다.

"아니, 지금은 세뇌가 완전히 풀렸어. 잠시 깨어났을 때 항상 머릿속에 거미줄이 쳐진 듯 끈적끈적한 느낌이 있었는데 지금은 없거든."

"그렇군요. 다행이다. 난 또 변하면 죽여 버리려고 했죠."

"크큭. 역시 너답다! 다시 짖어볼래?"

"으하하! 농담입니다!"

시드는 거짓이 아닌 진심으로 웃음을 터뜨리며 구슬을 꼭 쥐었다.

이 구슬은 절망의 늪에서 빠져나올 수 있는 탈출구나 다름

없었다.

내용이 알려지면 아카리와 리샤르는 비난을 받을 수밖에 없으며 또한 발라스의 태도도 달라지게 될 것이다.

자신들이 먹잇감이란 사실을 알면서 따를 수는 없을 테니.

그것은 마르트, 발라스 동맹을 형성할 수 있다는 뜻이기도 했다. 또한 바에튼과 시란은 고민할 필요도, 자신이 전쟁을 막기 위해 목숨을 걸 이유도 없어졌다.

그들이 애초에 전쟁을 벌일 계획이란 증거가 있으니.

물론 전쟁이 벌어진다면 그 이후에 검은 생명에 대해 발라스와 합의를 해야겠지만 말이다.

"형님, 정말 감사합니다! 저 잠시 다녀올게요!"

시드가 어린아이처럼 좋아하며 자리에서 벌떡 일어서더니 달려갔다.

하지만 그와 반대로 카란의 얼굴에는 슬픔이 가득 흘렀다. 그는 순간 자신의 가슴을 매만졌다.

카란이 건네준 구슬은 지쳐 있는 모두에게 생기를 불어넣어 줬다.

벨케는 곧바로 시드와 함께 왕궁으로 이동해 감시자들을 잡아와 모두 죽여 버렸다.

그 광경에 바에튼과 시란은 기겁했지만 벨케가 건네준 구슬을 확인하더니 벨케가 왜 그랬는지를 이해할 수 있었으며, 안도의 숨을 내쉬었다.

사실 바에튼, 시란은 오늘 저녁 시종장에게만 모든 사실을
알리고 목숨을 끊으려고 했었다.

시드도, 마르트도 지킬 수 있는 유일한 길이라 믿었기에.

한데 뒤로 이런 비열한 거래가 숨어 있었다니.

바에튼은 서둘러 발라스에 연락을 취해 모든 사실을 전하며
만나기를 원했고, 안데라스는 믿기 힘들어했지만 진의를 확인
하고 싶은 듯 동의했다.

그 후, 시간은 흘러 어느덧 저녁이 됐다.

"정말 가려고?"

블스가 이해할 수 없다는 표정으로 카란을 쳐다봤다.

"어. 꼭 가봐야 할 곳이 있다."

"그게 어디인데?"

5년 만이었다. 5년 만에 세뇌에서 깨어났고 이제야 같이 있
을 수 있다 믿었는데 하루도 채 같이 보내지 않고 떠난다니.

"거 되게 징징대네. 금방 올 거야."

"정말이냐?"

"크큭. 그래. 이 사람, 5년 동안 의심이 많아졌군."

"마스터가 아쉬워하겠군. 그리고……."

블스가 니콜에게 시선을 던졌지만 카란은 못 본 체했다.

그녀의 마음은 잘 알고 있었다. 하지만 자신은 이제 받아줄
수 없었다.

"시드 잘 부탁해. 아참, 니콜."

"어엉?"

우울해 있던 니콜이 반색하며 고개를 들었다.

"가슴 더 키우지 마. 지금이 딱 적당해!"

"이익, 그냥 돌아오지 마!"

"어이쿠! 간다!"

카란은 니콜의 마법을 피해 후다닥 자리를 벗어났다. 그런 다음 숨을 길게 한 번 내쉬더니 시드를 찾아갔다.

"형님, 뭐라고요?"

메리아에게 상처를 보이고 있던 시드가 깜짝 놀라며 되물었다.

"가야 할 곳이 있어. 시간이 좀 걸릴 거다."

"하지만 형님……."

시드는 무언가를 더 말하려다가 입을 다물었다.

그토록 자신을 아껴주고 생각해 주는 카란이었다. 그런 그가 자신이 서운해할 것을 알면서도 간다면 꼭 그래야만 될 이유가 있다는 뜻이었으며, 붙잡아도 소용없을 터였다.

다만 리스네가 카란도 노릴 테니 걱정이 되는 것은 어쩔 수 없었다.

"아우님, 그런 표정 짓지 말지?"

카란이 시드의 곁에 앉으며 그의 볼을 꼬집더니 머리카락을 쓰다듬어 줬다.

"다시 만날 때는 거하게 술이나 하자고."

"꼭 돌아오실 거죠?"

"오호라, 이 몸을 못 믿겠다는 거냐?"

“뭐, 전적이 있으니까.”

“그래, 가기 전에 네놈 먼저 죽여주마.”

카란이 살기를 내뿜자 시드는 다급히 웃으며 손을 내저었다.

“블스에게 마법 통신구도 받았고 이동 주문서도 있거든요? 통신도 자주 하고, 위험한 일은 하지 않을게.”

카란은 그 말과 함께 시드를 안심시킨 다음 피식 실소를 흘리며 밖으로 나가다 잠시 멈칫거렸다.

그리고 고개도 돌리지 않은 채 손을 흔들더니 얘기했다.

“네가 나의 아우라 자랑스럽다.”

“형님……”

“간다. 아참, 네 아가씨 가슴 딱 좋아!”

“이 인간아!”

“으하하!”

시드의 특허 웃음을 흉내 내며 달아나는 카란을 보며 시드는 고개를 설레설레 저었다.

정말 저 사람은 하나도 달라지지 않았다.

“오빠… 카란님 많이 좋아하는구나.”

“어? 왜?”

“카란님과 같이 있으면 오빠… 너무 즐거워 보이거든. 질투가 날 정도로.”

“그래?”

시드가 딱히 부정하지 않으며 볼을 붉적이던 그때 메리아가 잠시 머뭇거리더니 창피한 얼굴로 물었다.

“오빠.”

“응?”

“오빠도 내 가슴이 딱 좋아?”

“……”

수줍게 고개를 끄덕이는 시드였다.

*　　　*　　　*

밤하늘에 떠 있는 별을 바라보며 리스네는 자신의 곁을 쳐다봤다.

5년이란 시간 동안 언제나 옆에서 함께 숨 쉬던 카란의 빈자리가 보였다.

“당신을 위한 배려… 만족했겠죠?”

아무도 없는 밤하늘을 바라보며 리스네가 나지막한 목소리로 얘기했다.

곧 그녀는 마법을 시전했는데, 돌아서는 그녀의 눈빛에는 서글픔이 묻어 있었다.

그 시각, 카란은 섬을 벗어나 술을 들고 달을 쳐다봤다.

“이거 참, 긴장되는데…….”

차마 시드에게 얘기하지 못한 것이 있었다.

세뇌를 한 이후 리스네가 만약을 대비해 심장에 마법을 시전한 것이었다. 언제든지 자신을 죽일 수 있도록 말이다.

그 사실을 세뇌가 풀리기 시작하면서 알게 됐다.

그래서 세뇌가 잠시 풀릴 때마다 해제할 수 있는 방법을 고민했지만 답은 나오지 않았다. 마나를 움직여 어떻게 해보려고 해도 소용없었던 것이다.

두근, 두근, 두근.

그 순간이었다. 카란은 자신의 심장이 급격하게 뛰기 시작한 것을 알 수 있었다.

"5년의 보상치고는 너무 짧잖아?"

카란은 실소를 흘리며 중얼거린 뒤 빠른 속도로 인적이 드문 곳으로 향했다.

시간이 지날수록 심장은 터질 듯이 뛰었고 호흡조차 가빠졌다.

"하아!"

한적한 숲에 들어온 카란은 대자로 누운 채 달을 쳐다봤다. 아침에 잠시 비가 오기는 했지만 그 어느 때보다 밝은 것 같았다.

원래는 해제할 수 있을 때까지 세뇌가 풀리고 있다는 사실을 비밀로 하려고 했었다.

하지만 검은 생명을 빌미로 시드의 목숨을 노리는 것을 알면서도 모른 체할 수 없었다.

그래서 구슬을 훔친 것이었고 다시 세뇌가 풀렸을 땐 시드가 죽기 직전의 상황이라 선택의 여지가 존재하지 않았다.

그리고 후회는 없었다.

"크큭. 언젠가 알게 된다면… 이해해 주겠지."

눈물범벅이 된 시드의 얼굴이 스쳐 지나갔다.

이런 시기에 자신마저 시드의 여린 마음에 구멍을 만들 순
없었다.
　두근, 두근, 두근!!
　"많이… 보고 싶을 거다."
　그 이후 시드는 다신 카란을 볼 수 없었다.

CHAPTER 08
리스네의 최후

"드디어……"

수만의 군사를 뒤로한 시드가 추억에 젖은 눈길로 리샤르의 왕궁을 쳐다봤다.

저곳에 리스네가 있었으며, 그녀의 마지막 방어선이었다.

사실 왕궁은 방어선을 치기 위한 최적의 장소는 아니었다.

어쩌면 그녀는 마지막을 생각하고 있는지 몰랐다.

"이제 끝이군."

"그러게요. 긴 시간이었네요."

벨케가 고개를 좌우로 돌리며 얘기하자 시드는 고개를 끄덕였다.

카란이 떠나고 대륙 전쟁이 시작된 지 어느덧 반년의 시간이 흘렀다.

시작은 리스네에게서 비롯됐다.

아폴레가 죽고 4일 뒤, 장례식이 끝나자마자 그녀는 대륙 전체에 아폴레가 왜 죽었는지에 대해 전했다.

그때까지는 아폴레가 죽은 사실만 전하고 이유는 밝히지 않았다.

그리고 검은 생명인 시드는 물론 그 사실을 알면서도 방관하고 묵인한 바에튼을 용서할 수 없다고 했다.

또한 바에튼이 리샤르, 아카리, 발라스의 마지막 경고를 무시하고 기간 내에 시드를 양도하지 않았기에 전쟁도 불사한다는 입장이었다.

그로 인해 대륙은 술렁거렸다.

대부분 검은 생명에 대해서 처음 알게 됐으며, 대륙을 위험에 빠뜨릴 수 있다는 사실을 알면서도 발라스에 찾아가 강제로 악마의 봉인을 해제한 시드와 마르트를 비난했다.

하지만 뜻밖의 상황이 펼쳐졌다.

다름 아닌 발라스가 마르트와의 동맹을 형성한 것이다.

그것은 리스네는 물론 아카리로서도 전혀 예상치 못한 일이었으며, 되레 역공격을 당했던 것이다.

또한 리샤르와 아카리의 비밀 동맹이 만천하에 드러나게 됐다.

그 사실은 시드의 죄를 잊을 수 있을 정도로 큰 논란을 불러일으켰다.

가장 강력한 힘을 가진 두 왕국이 그동안의 4대 왕국의 이어진 입장을 일방적으로 깨고 발라스와의 전쟁을 계획하고 있었다.

즉, 그들은 검은 생명이 아니더라도 자신들의 욕심을 채우기 위해 대륙을 피로 물들였을 것이다.

더불어 마르트는 검은 생명에 대해 공식적인 사과를 표하며, 시드에 관한 입장도 밝혔다.

발라스와 상의 결과 시드는 위험이 찾아올 때 언제든지 타인이 죽일 수 있도록 심장에 제약을 걸어놓고 추기경들의 결계를 치기로 했다.

전쟁이 끝난 이후에는 발라스의 신전에서 추기경들의 감시를 받으며 살아가기로 결정됐다.

물론 시드 역시 동의한 일이었다.

애기를 들어보니 감금의 형식도 아니었으며, 단지 사는 곳이 발라스로 바뀌게 되는 것뿐이었다.

괴롭겠지만 집은 신전이 될 터였고, 외출도 가능했으며, 메리아와 동료들도 함께 살 수 있었다.

물론 매일 악마를 잠들게 하기 위한 노력 등, 여러 가지로 불편하고 귀찮으며 괴로운 점은 많겠지만 그로 인해 많은 이들의 불안이 사라진다면 감수할 수 있었다.

그 후 상황은 점점 마르트, 발라스 두 동맹에게 좋은 쪽으로 흐르기 시작했다.

바에튼의 선택은 큰 무리수였으나 검은 생명에 대한 해결책이 나왔던 것이다.

안데라스 교황 역시 그리하면 악마가 깨어날 일은 없을 것이라 공표했다.

한데 리샤르와 아카리의 동맹은 용서받을 수 없는 것이었다.

바에튼은 소중한 이를 지키고 싶은 마음이었고, 리샤르와 아카리는 자신들의 욕심을 채우기 위해서가 아닌가.

가장 결정적인 것은 바로 불안감이었다.

4대 왕국의 균형이 아카리와 리샤르에 의해 깨진다면?

그들이 과연 그 두 나라로 만족하냐는 의문이 대다수 소국들에게 공포를 심어줬다.

마르트와 발라스가 사라진 상황이라면 그들의 세력은 더욱 커질 테고, 지금도 욕심을 위해 명분없는 전쟁을 치르는데 그때가 되면 오죽할까!

물론 그럼에도 강국인 아카리와 리샤르가 승리할 확률이 높다고 평가하는 일부 소국들은 그들에게 붙었다.

하나 대다수의 소국들은 명분이 있는 마르트와 발라스에 힘을 실어줬고, 리샤르와 아카리는 처음 동맹 때처럼 힘으로 밀어붙이기로 결정했다.

부정할 수 없는 증거가 있고 신뢰를 잃은 이상 물러날 곳은 없었다.

그와 함께 대륙 전체의 왕국이 참여한 대륙 전쟁은 시작됐다.

처음에는 리샤르, 아카리 연합이 밀어붙였다.

소국들이 마르트, 발라스에 더 힘을 실어준다 할지라도 그들이 원래 보유한 전력이 뛰어나고 플루닉의 보유수가 많은 탓이었다.

그런데 또 다른 변수가 나타났으니 바로 에밀레였다.

리스네가 아폴레의 뒤를 이어 왕이 되면서 에밀레는 대공작의 작위를 가졌다.

예전의 그녀라면 거절한 채 홀로 돌아다녔겠지만 그날 본 리스네의 미소가 마음에 걸린 탓이었다.

그 뒤 에밀레는 전쟁이 벌어지는 틈을 타 그녀의 진심을 밝혀내기 위해 노력했고 결국 알아낼 수 있었다.

아폴레조차 모르고 있던 키메라 군단과 리스네의 검은 속내를.

그 사실을 알아차린 에밀레는 자신의 뜻과 같이하는 세력을 모아 리샤르를 빠져나왔고, 마르트, 발라스 연합에 합류했다.

시드를 찾아온 그녀의 이유는 간단했다.

리스네는 싫은데 시드는 좋다는 것이었다.

처음 많은 이들은 에밀레와 그녀의 세력을 반대했다. 그들이 이탈한 것만 해도 리샤르로서는 전력이 약화된 상황이며 믿을 수 없으니까.

하지만 시드는 에밀레를 믿었고, 바에튼과 안데라스를 설득시켰다.

그리고 에밀레는 시드의 기대에 부흥하듯 뛰어난 활약을 펼쳤고 말이다.

동시에 벨케를 비롯한 크라운이 전장 곳곳에서 그 이름을 떨쳤고, 시간이 흐를수록 전세는 변하게 됐다.

'리스네, 더 이상 물러설 곳은 없다.'

시드는 왕궁을 바라보며 한숨을 내쉬었다.

만약 리스네가 아카리와 같은 입장을 취했더라면 리샤르가 이토록 피를 흘리지도 않았을 텐데…….

아카리는 한 달 전 결국 패배를 인정하고 항복을 했다.

한데 리스네는 그러지 않았다. 끝까지 투항했으며 여기까지 오게 된 것이다.

그 한 달이란 시간 동안 리샤르에서는 수없이 많은 생명의 불꽃이 꺼졌다.

'카란 형님은 어디에 계실까.'

전력을 가다듬는 사이 왕궁을 바라보던 시드의 눈동자에 카란이 나타났다.

그날 이후 그를 볼 수가 없었다.

마법 통신도 되지 않았으며 돌아오지도 않았다.

블스의 첩보 부대의 일부가 계속해서 찾고 있었지만 흔적도 발견할 수 없었다.

불안한 예감이 머릿속을 스쳐 갔다. 그럴 때마다 시드는 고개를 세차게 저었다.

단지 일이 길어질 뿐이라고.

그 사람 성격으로 봐서는 분명 세상 구경에 빠져서 자신을 잠시 잊고 있는 것이라고.

그렇게 스스로를 위로하며 애써 마음을 달랬다.

"리샤르와의 전쟁도 이제 막바지군."

"힘겨운 시간들이었습니다."

스로우의 대답에 프리야는 고개를 끄덕였다.

프리야는 리샤르인이었으며 공작의 자리에까지 위치했었다.

언제나 리샤르를 지키기 위해 목숨을 걸고 싸웠고 말이다. 그것은 스로우도 다를 바 없었다.

한데 그런 자신들이 리샤르와 전쟁을 펼쳐야 했으며, 전장에서는 과거 인연이 있던 이들을 만나기도 했다.

하지만 망설이지는 않았다.

그들도 리샤르를 지키겠다는 정의이자 충성심이었고, 자신들 역시 리샤르와 아카리로부터 마르트와 발라스를 지키겠다는 정의이자 충성심이었다.

전장에서 중요한 것은 하나였다.

아군이냐, 적군이냐가 바로 그것이었다.

그렇기에 비록 가슴이 아프다 할지라도 프리야와 스로우는 검에 인정을 두지 않았다.

"이제 출발… 하죠."

그때 왕궁에서 시선을 뗀 시드가 프리야에게 말하자 프리야는 진군을 외쳤다.

그리고 시드를 필두로 한 마르트, 발라스 연합의 대규모 군대가 리샤르 왕궁을 향해 전진했다.

스으윽.

굳게 닫혀 있던 거대한 왕실의 문이 열렸다.

그러자 황금색 의자에 앉아 내려다보고 있는 리스네가 보였다.

처절한 저항이 있을 것이란 처음 예상과는 달리 왕궁에 도착하자 공작이 나와 항복을 선언했다.

그리고 리스네가 만나뵙기를 원한다면서 안내했고, 별 탈 없이 왕실까지 도달할 수 있었다.

"시드."

의자처럼 금빛으로 찬란하게 빛나는 화려한 옷을 갖추고 앉아 있는 리스네가 환하게 웃으며 그를 불렀다.

동시에 일정 거리 이상 떨어진 채 시립해 있는 공작에게 눈짓을 했는데, 잠시 후 기사들이 리스네가 앉고 있는 의자와 똑같은 형태와 색상의 의자를 가져와 맞은편에 놓았다.

"후후."

그때 시드보다 먼저 스로우와 에밀레가 리스네에게 다가갔다.

그녀에게 할 말이 있어서가 아닌, 혹시나 다른 속셈은 없는지 파악하기 위함이었다.

하지만 스로우와 에밀레는 잠시 본분을 뒤로한 채 리스네와 눈을 마주했다.

어떻게 보면 아이러니한 상황이었다.

시드의 안전을 위해 나선 둘 모두가 한때는 리스네의 동료였으니.

"아무것도 없습니다."

리스네가 존대를 쓰며 말하자 스로우와 에밀레는 서로를 쳐다보며 고개를 끄덕였다.

다른 장치는 존재하지 않았으며, 그녀 역시 아무것도 가지고 있지 않았다.

무기는 물론 독, 마법 주머니조차 말이다. 또한 주변에 마법을 쓴 흔적도 없었다.

안전하다는 사실을 확인하자 에밀레와 스로우는 몸을 돌려 원래의 자리로 돌아갔다.

그러다 스로우가 잠시 멈춰 서더니 고개를 돌렸다.

'리스네 아가씨.'

비록 지금은 적이지만 끝까지 지켜주겠다고, 목숨마저 바치겠다고 다짐했던 사람.

그녀의 마지막 순간이 될 것이다. 그 모습을 눈에 담고 싶었다.

그런 스로우의 눈빛에는 슬픔과 애틋함이 존재했다.

"아무것도 없다."

혹시나 하는 마음에 뒤에서 마법을 시전해 확인한 에스가 얘기했다.

에스는 수없이 죽을 고비를 넘기다 의식을 잃은 지 한 달 만에 다행스럽게도 깨어났다.

몸이 약해지기는 했지만 그 외에 후유증은 없는 듯했고, 다시는 변신을 하지 않기로 모두와 약속했다.

"알겠습니다."

시드는 고개를 끄덕이며 숨을 짧게 내쉰 다음 걸음을 뗐다.

뒤에서 벨케가 같이 가줄까? 라고 물어봤지만 시드는 고개를 저었다.

왕실까지 함께 들어온 크라운 일행이 서 있는 곳이면 무슨 일이 생겼을 때 곧바로 도움을 받을 수 있을 터였다.

적어도 벨케와 프리야는 그런 실력을 갖추고 있었다.

스로우 역시 전쟁 중에 마탈 급의 경지에 올랐고 말이다.

또한 이토록 철저히 검사했는데 아무것도 없다면 리스네가 자신한테 해를 끼칠 수도 없을 것이다.

만약 이세스를 소환한다면, 그사이 일행이 자신의 곁에 도달해 있을 테니 말이다.

"시드, 시드, 겁이 많아졌군."

시드가 맞은편 의자에 서서 마지막으로 다시 확인하자 리스네가 고개를 저으며 말했다.

시드는 재차 아무런 장치가 없다는 사실을 확인하며 의자의 거리를 벌린 다음 자리에 앉았다.

그래도 상대가 리스네였기에 혹시나 해서였다.

"조심성이 생겼지. 그 누군가로 인해 깨닫게 됐거든."

그 누군가가 자신을 칭한다는 사실을 아는 리스네는 미소를 지었다.

"시드, 이곳까지 오게 됐구나."

"힘겨웠었지."

시드는 쓴웃음을 흘렸다. 정말 그러했다.

리스네를 만난 이후부터 지금까지 수없이 죽을 뻔한 위기를 넘겼고 곤경에 처했었다.

지금 와 돌이켜 보면 그때마다 어떻게 이겨냈는지 스스로도 놀랄 정도였다.

"그래, 그랬을 거야. 내가 최선을 다한 상대였으니까."

리스네 자신은 물론 시드도 인정하고 있었다.

그렇기에 더욱 죽이고 싶었다. 자신이 인정한 몇 안 되는 이 중 한 명이었으니까.

그런 자를 죽이지 못한다면 분명 자신이 죽게 될 테니까.

"아참, 시드. 카란님이 보이지 않네?"

리스네가 뒤를 둘러보며 얘기하자 시드의 미간이 살짝 찌푸려졌다. 하나 태연하게 받아쳤다.

"이곳에 오지 않는 게 좋을 듯해서."

"그래? 전쟁이 벌어지는 반년 내내 그의 얘기를 들어보지 못한 듯한데……."

리스네가 짓궂은 표정을 짓자 시드는 저도 모르게 살기를 흘렸다.

그와 함께 불안한 마음으로 떨어져 있던 공작과 기사들은 긴장하며 검 손잡이에 손을 갖다 댔고, 뒤에서 지켜보던 크라운의 이들 역시 언제든지 뛰쳐나갈 준비를 했다.

하지만 그 낌새를 느낀 시드가 뒤로 손을 내밀며 살기를 거뒀다.

"리스네, 하고 싶은 말이 뭐지?"

시드의 심장이 빠르게 요동치기 시작했다.

리스네가 이럴 때는 언제나 듣고 싶지 않은 얘기를 듣게 됐다.

"아무것도 아니야. 단지……."

"단지?"

"카란님이 사라지신 것은 아닐까, 사라졌다면 죽지 않았을까, 죽었다면 누가 죽였을까… 의문이 들었지."

리스네의 입꼬리가 올라갔다.

"그런데 생각해 보니……."

리스네가 살짝 턱을 치켜든 채 시드를 내려다보며 말했다.

"내가 죽였더라고?"

"……."

시드의 두 눈이 크게 떠졌다.

"저 계집애는 진짜……."

벨케는 졌다는 듯 고개를 저었다.

이런 상황에서 저토록 당당한 것도 모자라 오히려 시드를 도발하고 있었다.

그것도 절대 건드려서는 안 될 부분으로 말이다.

아무리 패배를 인정하고 죽음을 각오하고 있는 상대라 할지라도 혀가 내둘러졌다.

이기적이고 잔인하지만 어떻게 보면 다시는 찾아보기 힘들 인물이기도 했으며, 다신 적으로 만나고 싶지 않았다.

"그랬나."

"어머, 놀라지 않네?"

"아니. 놀랐어. 다만… 그럴 것 같았어."

시드는 바르르 떨리는 주먹을 애써 진정시켰다.

카란이 다시 사라졌을 때 느끼고 있었는지도 모른다.

다만 마음이 혹시나 하는 기대심을 붙잡고, 붙잡고 놓지 않았던 것이다.

인정하고 싶지 않기에, 인정할 수 없기에.

"아무리 바쁘고 정신없다 할지라도 카란 형님은 연락했을 거야. 자신에게 아무 일 없다는 사실을 전해줬을 거야. 내가 얼마나 걱정할지 잘 아니까. 살아 있다면 말이지."

시드의 두 눈이 붉게 충혈됐다. 그는 애써 웃으며 이를 악물었다.

"한데 그런 형님이 연락도 없고 돌아오지 않는다면… 그럴 수조차 없는 사정이 생겼다거나 혹은……."

시드는 차마 뒷말은 하지 않은 채 감정을 추스렸다.

"더불어 형님에게 그런 일을 저지를 만한 사람은 너밖에 없거든."

"역시 시드야. 나를 너무 잘 알고 있어. 나의 숙적다워. 카란은 말이지……."

리스네가 얘기를 꺼내며 옆을 향해 손짓했다.

그러자 기사 한 명이 무언가를 들고 왔는데, 바로 포도주와 하나의 잔이었다.

"단지 술일 뿐이니 염려 마. 너에게 권하지도 않을 테고 말이야."

시드가 경계하자 리스네는 손사래를 치며 아무런 악의가 없다는 것을 밝혔다. 그 후, 잔에 포도주를 채웠다.

주르륵.

붉은 빛깔의 포도주가 투명한 잔에 채워지고, 그녀는 음미하듯 한 모금 마시더니 재차 말문을 열었다.

"카란의 얘기를 하는 중이었지?"

'듣지 마, 듣지 마, 듣지 마!'

시드의 마음속에서 외쳤다.

하나 알고 싶었다. 아무리 괴롭고 슬프다 할지라도 카란의 마지막만큼은 알아야 했다.

카란이기에, 그리고 자신이기에.

"그럴 때를 대비해 그의 심장에 제약을 걸었었지."

시드는 씁쓸히 웃으며 자신의 가슴을 매만졌다.

"아마 그 스스로도 알고 있었을 거야. 알면서… 너를 위해 죽는 길을 택했어."

"그날… 저녁이었나?"

카란과 만난 그날을 떠올리며 시드가 작게 묻자 리스네는 고개를 끄덕였다.

“5년의 시간에 대한 나의 배려였지.”

“거참, 고맙군그래.”

시드는 피어오르는 살기를 애써 진정시켰다.

악마가 어떤 때 반응하는지 알고 있기 때문이었다.

자신의 목숨이 위험하거나 혹은 이성을 잃을 만큼 증오와 분노에 휩싸였을 때 악마는 손을 내민다.

그렇기에 억누르고 또 억눌러야 했다.

“이제… 그만 끝을 내자.”

시드가 더 이상 얘기를 나누고 싶지 않은 듯 말하자 리스네는 잠시 침묵을 지키다 화제를 바꿨다.

시드는 그 사실을 알아차렸지만 한 번은 이해하기로 했다.

그 누구라 할지라도 죽음 앞에서는 시간을 원할 테니까.

“시드, 그때…….”

“그때?”

“그래, 우리가 처음 만났던 그때 말이야. 만약 내가 이세스를 부활시키지 않고 너에게 진심으로 대했더라면 우리는 어떻게 됐을까?”

쉽다면 쉽고 어렵다면 어려운 대답이었다.

시드는 머리를 한 번 긁적인 뒤 떠오르는 그대로 얘기했다.

그녀가 곧 죽게 될 것이라고 가식적인 대답을 하고 싶진 않았다. 리스네 역시 솔직한 심정을 원할 테니까.

“네가 돈을 주는 한 너의 동생이었겠지.”

“그런가?”

리스네의 입가에 묘한 미소가 맺혔다.

그와 함께 시드는 잠시 고개를 돌려 크라운의 동료를 바라봤다.

"하지만… 네가 진심으로 대했다면… 나에게 넌 저들과 같은 존재가 됐을지도 모른다."

"……."

리스네는 아무런 대답을 하지 않았다.

시드에게 있어 크라운이 어떤 의미인지 알고 있었기 때문이다.

"그랬을까. 그랬을까……."

리스네가 작은 목소리로 되뇌며 시드와 처음 만난 순간을 떠올렸다.

어찌 보면 참 꿈처럼 느껴지는 시간들이기도 했다.

어린 나이에 자신을 위기에서 몇 번이나 구해준 마탈 급 소년.

그럴 때마다 돈을 요구했으며, 건네주면 마치 세상을 다 얻은 것처럼 환하게 웃던.

하지만 자신한테 모든 것을 빼앗기고 목숨만 겨우 건져 달아난…….

그리고 복수심을 가진 채 다시 힘을 되찾으며 나타났다.

'이제는 나의 목숨조차 가져갈 남자가 되었구나.'

가지고 싶었다. 그 무엇이든 가지고 싶었다.

다시는 빼앗기고, 잃고 싶지 않았으며, 힘이 없어서 사랑하는 이의 죽음조차 외면하고 싶지 않았다.

그러기 위해서는 선두에 올라가야 했다. 지배받기 싫으면 지배를 해야 했다.

시드와 함께 있을 때는 단지 그런 마음 뿐이었다.

하나 가끔은, 정말 가끔은 시드의 환한 웃음을 볼 때면 자신도 시드처럼 즐겁고 싶다는 생각이 들었다.

모든 것을 기억 속에서 지우고, 이 힘겨운 계단을 더 이상 오르지 말고, 이제는 쉬고 싶다는 생각이 들었다.

갸끔은, 아주 가끔은 그랬다.

"가져오너라."

리스네가 얘기하자 공작은 잠시 망설였다.

안다. 모든 것을 포기할 수밖에 없는 지금 어차피 같은 결과가 나오리란 사실을.

하지만, 하지만…….

"어서."

"알겠습니다."

리스네로 인해 공작에 임명된 그는 한숨에 가까운 대답을 하더니 잠시 자리를 비웠다.

그리고 돌아왔을 때는 손에 황금빛 잔이 쥐어져 있었다.

시드는 일어선 상태에서 그를 경계했지만, 공작은 시드는 보지도 않은 채 리스네에게 잔을 내민 뒤 돌아갔다.

그런 공작의 표정은 참담하기 그지없었다.

“시드, 약속받을 게 있어.”

“뭐지?”

“우리는 항복했어. 또한 나의 목숨은 구제될 수 없다는 사실도 알아.”

“그래서?”

리스네가 자신의 주위를 둘러봤다.

그곳에는 리스네의 귀족과 기사들이 슬픔을 감추지 못한 채 고개를 숙이고 있었다.

“이들을 거둬줘.”

시드는 고개를 저었다.

이후의 일을 죽은 그녀가 알 수 있을 리 없지만 거짓말하고 싶지 않았다.

“그건 나의 권한 밖 일이다. 확답을 해줄 수 없어. 단…….”

“단?”

“그들의 목숨만은 지킬 수 있도록 노력하지.”

리스네를 따랐던 이들이다.

분명 살기 위해 마르트와 발라스에 충성을 맹세할 귀족들도 꽤 되겠지만 모두가 그런 것은 아니다.

그러니 아무리 항복을 선언했다 할지라도 권력을 쥐어주기란 쉽지 않은 일이었다.

또한 리스네에게 말한 것처럼 자신한테 그런 권한은 없었다.

자신은 전쟁을 치를 동안 마르트와 발라스를 돕고 있을 뿐,

전쟁이 끝난다면 나라 간의 일에서는 손을 뗄 것이다.

그리고 리스네와 아폴레가 사라지면서 존재 의미가 불투명해질 크라운은 벨케의 제안으로 인해 용병 단체를 하기로 결정했다.

물론 그 활동 무대는 발라스였다.

가능하면 마르트에 있고 싶었지만 그럴 수 없는 시드를 위해서였다.

"그래, 너라면 그리해 주리라 믿어."

리스네는 그 말과 함께 두 눈을 감았다.

어머니를 비참하게 잃는 순간부터 치열하게 달려왔다.

쉬고 싶어도, 다리가 부러질 것 같아도 멈추지 않고 여기까지.

'드디어 끝이 나는구나.'

아무리 멀리 내다봐도 끝이 보이지 않는 길의 마지막이 나타났다.

떨어지면 필히 죽을 수밖에 없는 낭떠러지.

'그때는 하루하루가 즐거웠었는데……'

리스네의 감은 두 눈 사이로 어머니가 돌아가시기 전 어린 시절이 나타났다.

무엇이 그리 재미있는지 크게 소리 내어 웃고 있었고, 리스토의 품에 안겨 잠이 들었다.

그토록 원망해 스스로 암살했던 아버지인 리스토의 품이 어릴 때는 그토록 따듯할 수 없었다.

'그 시절 나의 순수는 어디로 흩날렸던가.'

리스네는 수없이 많은 기억을 떠올리고 감정을 느꼈다.

타렌이 떠올랐고, 리메토도 지나갔다. 페이리와 아네뜨, 공작이던 시절의 프리야, 스로우와 에밀레, 자신의 그림자처럼 움직였던 피의 눈물, 전 왕과 어머니, 리스토, 아폴레까지…….

살아오며 인연과 악연이란 실로 엉키고 엉킨 이들 모두가 한 명 한 명 스쳐 갔으며, 마지막을 장식한 이는 시드였다.

"시드, 그동안 즐거웠다."

그 말과 함께 리스네는 다정하게 미소 지으며 두 눈을 떴다.

그리고 이때까지 덮여 있던 술잔의 덮개를 열었다.

술잔에는 어둠처럼 검은 액체가 담겨 있었다.

'독인가.'

시드는 검은 액체를 바라보며 그리 판단했다.

저런 술은 본 적이 없으며, 기사가 아닌 공작이 가져온 것이나 리스네의 마지막 인사 등으로 미뤄봤을 때 독이 분명했다.

'정말… 끝이구나.'

술잔을 입술에 갖다 대는 리스네를 바라보며 시드의 머릿속은 시간을 더듬었다.

"리스네라고 합니다."

거지와 같은 몰골로 돈을 요구하는 자신한테 존대를 하던 리스네와의 첫 만남.

"시드, 나는 불안해. 넌 내 곁에서 힘이 되어주겠지?"

말을 놓기 시작하고 여관에 도착했을 때, 울 듯한 목소리로 자신을 끌어안던 리스네.

"훗. 하긴 내 실력이면 리스네님을 충분히 지켜줄 수 있지. 어? 아, 아가씨! 이, 이놈! 넌 어디 가느냐!"

리스네를 향한 지극한 애정과 충성으로 뭉친, 고집 세고 자뻑이 심하던 타렌.

"우리 시드, 날 지켜주고 백작의 자리와 이세스도 얻게 해줘서 고마워. 그리고… 이세스를 깨워줘서 고마워."

가면을 벗고 배에 단검을 받던 리스네까지.
'그때가 시작이었지.'
리스네의 본심을 확인하고 적이 된 순간, 그 후 5년이 흐르고 지긋지긋하게 목숨의 위협을 받았다.
'천운이란 게 정말 있는 것인지도……'
매번 무섭고도 완벽했던 리스네의 계획에서 살아날 수 있었던 것은 인연이었다.

만약 그 인연 중 한 명이라도 없었더라면 자신은 지금 어떻게 됐을지 장담할 수 없었다.

'잘 가라.'

리스네가 독을 입에 머금는 순간 시드는 속으로 작별 인사를 했다.

생에 다시는 없을 적이었으며, 다시는 싸우고 싶지 않은 존재.

그 리스네가 드디어 죽음을 맞이한다.

바로 그 순간이었다.

푸우웃!

"크윽!"

리스네가 머금었던 독을 시드를 향해 내뿜었고, 고개를 돌리려던 시드는 다급히 손으로 독액을 튕겨냈다.

한데 놀랍게도 독은 손에 닿자마자 피부 속으로 흡수되고 말았다.

"리스네!"

"내가 뭐라 했습니까! 저년은 곱게 죽을 년이 아니라니까!"

"이런, 시드!"

프리야와 벨트라, 에스의 목소리가 연달아 들려왔으며, 지켜보고 있던 크라운의 모두가 시드의 곁으로 달려왔다.

"무슨 짓이지?"

시드가 물었다. 자신은 마탈 급이고 그녀도 잘 알고 있었다.

그런 자신한테 독은 통하지 않는다.

아니, 마탈 급도 해제할 수 없는 독이 있다 할지라도 먹여야지, 이렇게 손에 묻은 정도로는 아무런 효력이 없을 터이다.

그 사실을 리스네가 모를 리 없는데, 왜 이런 짓을 했는지 이해가 되지 않았다.

더불어 순식간에 스며든 이 검은 액체의 정체를 알아야 했다.

"시드, 나의 세계는 끝났어. 그런데 말이지."

리스네가 재차 잔을 입에 갖다 대며 말했다.

"혼자 가기는 외롭더라고."

꿀꺽, 스르륵.

검은 액체를 삼키고 자신의 의자에 앉는 리스네.

그녀의 얼굴에는 죽음에 대한 두려움은 찾아볼 수 없었다.

분명 패배했음에도 불구하고 만족스러운 눈빛이었다.

"서, 설마……."

"에스?"

"왜 그러시오?"

그때 액체를 유심히 지켜보던 에스가 온몸을 부들부들 떨며 중얼거리자 벨케와 프리야가 다급히 물었다.

"아는 것이냐?"

"이게 도대체 뭐란 말이오?"

"아니야, 아니어야만 해."

에스가 고개를 천천히 저었다.

그 광경을 지켜보던 리스네의 입꼬리가 올라갔다.

"알고 있으신 듯하군요. 악마의 피에 대해."

털썩.

리스네의 입에서 악마의 피란 얘기가 나오자 에스는 다리의 힘이 풀리며 주저앉아 버렸다.

"정말… 존재했단 말이냐."

"그렇습니다. 저 역시 스승님의 유품에서 알게 됐고, 반년이라는 시간이 지나서야 찾게 됐습니다."

"그 피를 찾기 위해… 시간을 끌었던 것이고?"

"저의 마지막 한 수입니다."

둘의 얘기에서 심상치 않음을 느낀 시드는 악마의 피가 스며든 부위를 저도 모르게 매만졌다.

"에스, 도대체 저게 뭐냐고!"

벨케가 조급함을 참지 못하며 소리를 질렀다.

"악마의 피는……."

그때야 정신이 돌아온 듯한 에스가 힘겹게 말문을 열었다.

"오래전… 악마가 봉인당할 때 흘린 피야."

"그래서 그 피가 왜?"

"그 피는… 사람이 마시면 죽고, 나처럼 악마와 계약을 맺은 마녀나 다크 몬스터가 마시면 마나가 증가한다는 소문이 있어. 그리고……."

"그리고?"

벨케가 그녀의 대답을 재촉했다.

하나 떨리는 눈길로 시드를 쳐다본 에스는 차마 다음 말을 잇지 못했다.

그러자 대답은 리스네에게서 돌아왔다.

"악마를 깨운다고 하죠."

"뭐?"

"아, 아니… 그런……!"

모두가 충격에 빠지며 시드를 쳐다봤다.

"리, 리스네?"

시드가 손을 붙잡은 채 리스네를 부르자 그녀는 안타까운 얼굴로 고개를 저었다.

"이제 끝났어. 안녕, 나의 애증의 동반자."

그녀는 두 눈을 감았다. 웃음이 맺힌 그녀의 입술 사이로 붉은 피가 맺혀 흘렀다.

리스네. 그녀의 최후였다.

"크으윽!"

"시, 시드."

"안 돼. 안 돼……."

시드가 자신의 손을 부여잡은 채 비틀거렸다.

스파아앗!

시드의 전신에서 어둠의 기운이 폭발적으로 뿜어져 나왔다.

분노하지도, 죽을 위기에 처하지도 않았는데 마치 악마가 손을 내밀 때와 같은 현상이었다.

"으아악!!"

시드의 입에서 괴성이 터져 나왔다.

끔찍한 고통이 전신을 지배하기 시작했다. 마치 벌레들이 안에서 살점을 파먹는 것처럼 느껴졌다.

그뿐 아니었다.

피를 원했다. 살점을 원했다. 비명을 듣고 눈물을 보고 싶었다.

타들어가는 듯한 갈증이 외쳤다. 파괴하고 죽이라고!

"떨어져요! 어서!"

시드가 고함을 지르자 벨케는 다급히 모두를 밖으로 이동시켰다.

하지만 정작 본인만은 나가지 않은 채 시드의 곁에 있었다.

"벨케!"

에스가 그를 불렀다. 하나 벨케는 돌아보지 않으며 대답했다.

"죽일 사람이… 나밖에 없잖아."

그 목소리에 담긴 슬픔을 알아차린 에스는 차마 더 말을 잇지 못하고 프리야의 부축을 받아 시야에서 사라졌다.

"정말 못된 계집이라니깐. 죽으면서도 이러냐."

벨케가 리스네에게 다가가 그녀의 머리를 쥐어박았다.

시체라도 가져가기 위해 다가가던 공작과 기사들은 분했지만 상대가 벨라케란 사실을 잘 알기에 아무 말도 하지 못한 채 눈치를 봤다.

"가져가라. 그리고 성 안에 있는 모든 이들을 대피시켜라. 죽기 전에."

벨케가 무섭게 굳은 얼굴로 말하자 그들은 다급히 리스네의 시신을 업은 뒤 빠져나가기 시작했다.

"하아, 하아……."

"시드."

벨케는 괴로워하는 시드를 지켜봤다.

싸우고 있는 중이었다. 악마의 피로 더욱 강해진 악마와 그 어떤 전투보다 처절하게 말이다.

'이겨내라. 제발.'

최악의 사태를 대비해 자신이 남아 있었지만 스스로 시드를 죽이고 싶지 않았다.

정말 그것만큼은 하고 싶지 않았다.

"으윽… 젠장! 벨케님!!"

파아아앗!

시드가 머리를 부여잡으며 그를 소리쳐 불렀다.

동시에 시드의 전신에서는 지금까지 경험해 본 적이 없는 어마어마한 양의 어둠의 기운이 터져 나왔다.

벨케조차 공포를 느낄 정도였다.

"시드!"

"벨케님! 벨케님! 어서!"

시드는 괴성을 지르며 그를 쳐다봤다. 그런 시드의 눈동자에는 간절함이 박혀 있었다.

느낄 수 있었다. 이길 수 없다. 아무리 견디려고 해봐도 이번만큼은 악마를 제압할 수 없다.

또한 스스로 목숨을 끊기 위해 손을 움직이려 해도 악마가 방해했다.

그렇다면 방법은 단 하나뿐이었다.

"진심이냐?"

벨케가 낮은 어조로 묻자 시드는 서둘러 고개를 끄덕였다.

벨케의 심정은 잘 알고 있다. 얼마나 괴롭고 힘겨울지. 하지만 더 이상은 시간이 없었다.

"제발… 제발!"

단말마의 비명과 같은 외침!

그와 함께 벨케는 입술을 잘근 깨물며 마나를 끌어올렸다.

"잘 가라."

시드가 자신한테 죽여 달라고 하는 것은 이젠 버틸 수 없으며, 스스로는 죽을 수 없다는 뜻이기도 했다.

그러니깐 아무리 가슴이 미어져도 해야만 했다.

살고 싶어 하는 간절함도, 죽고 싶어 하는 간절함도 모두 아니까 해야만 했다.

곧 벨케는 두 눈을 감으며 시드의 심장에 심어놓은 자신의 힘을 폭발시켰다.

콰아아앙!!

터벅터벅.

폭발음과 함께 왕궁 밖에서는 정적이 흘렀다.

그때 발소리가 들려오자 에스는 프리야의 품에 얼굴을 파묻은 채 흐느꼈다.

보름 전 꿈을 꿨다. 어둠이었다. 짙은 어둠이 세상을 뒤덮고 있었다.

하지만 그 누구도 보이지 않았고, 지금까지 아무런 일이 없었기에 미래가 아닌 단순한 꿈이라 판단했다.

한데 이제 와 돌이켜 보니 그것은 악마의 피를 뜻하는 것 같았다.

"시, 시드?"

"뭐?"

프리야의 놀람이 담긴 목소리와 함께 에스는 다급히 고개를 들었다.

시드라니……. 설마 악마의 피마저 이겨냈다는 말인가? 그래서 벨케와 함께 나오는 것인가?

에스는 눈물범벅이 된 채 환해진 얼굴로 고개를 들었다. 그리고 넋이 나간 사람처럼 비틀거렸다.

털썩.

시드는 한쪽 팔이 찢어진 벨케의 육체를 바닥에 집어 던졌다.

그런 시드에게서는 악마의 기운이 전혀 느껴지지 않았다.

마치 아무런 힘을 발휘하지 않고 있을 때의 시드와 다를 바 없었다.

그러나 두 눈동자가 검게 물들어 있었다.

"베, 벨케!"

"벨케님!"

크라운의 모두는 다급히 벨케에게 달려갔다.

"도대체 무슨 일이야?"

"쉬지를 못해서 헛것이 보이는 것이 아닐까?"

"도대체 시드님이 왜……."

악마의 피에 대해 모르는 이들은 자신의 눈이 미친 것이 아닌지 착각할 정도였다.

'살아 있어.'

벨케의 상태를 확인하던 에스는 안도의 한숨을 내쉬었다.

"크큭."

시드의 입에서 웃음이 새어 나왔다.

"하하, 으하하! 크하하!"

곧 시드는 허리까지 젖혀가며 미친 듯이 웃었고, 그럴 때마다 전신에서 어둠의 기운이 점점 거세게 휘몰아쳤다.

곁에 있는 것만으로도 죽음을 느끼게 해주는 절대적인 기운!

하지만 감히 발을 뗄 수도 없게 하는 소름 끼치는 공포!

그 속에서 크라운은 물론 수만의 군사도 감히 움직이지 못했다.

단, 그 기운을 이겨내지 못한 이들은 선 채 죽거나, 미쳐 버리거나, 기절을 했고, 곳곳에서 비명이 터져 나왔다.

"시드……."

에스가 절망을 느끼며 힘겹게 그를 불렀다.

그러자 시드는 순식간에 에스에게 밀착하더니 기분 좋은 목소리로 얘기했다.

"시드? 아아, 감히 나를 자신의 생명으로 삼으려고 했던 놈? 크큭. 그놈은 잠들었다. 이때까지의 이 몸처럼 말이지. 아참, 그러고 보니 배가 고프군."

시드가 허기진 배를 매만지더니 주위를 둘러보며 군침을 삼켰다.

"하나 네놈들은 먹지 않겠다. 지금은 대단히 기분이 좋거든. 또 그놈이랑 관련있는 인간들이니. 크큭, 크하하!"

파아앗!

그 말과 함께 시드는 허공 높이 솟구치더니 순식간에 사라졌고, 대륙에 피의 바람이 불기 시작했다.

CHAPTER 09
천사의 눈물

“네?”

쨍그랑.

메리아의 손에 들려 있던 컵이 바닥으로 떨어지며 깨졌다.

“뭐라고요?”

메리아는 자신이 잘못 들었기를 바라며 재차 되물었다.

제발 아니기를, 제발 아니기를……

하지만 프리야에게서 돌아온 대답은 그녀를 무너뜨리기에 충분했다.

“괜찮으냐?”

다급히 메리아를 부축하며 의자에 옮긴 프리야가 한숨을 크게 내쉴 때 바에튼과 시란의 목소리가 들렸다.

"어찌 이런 일이… 이제야 끝났다고 믿었건만……."
"어떻게 해요. 시드님… 어떻게 해요……."
바에튼은 두 눈을 감은 채 이마를 손으로 짚었고, 시란은 흐느꼈다.
지긋지긋하던 전쟁이 끝이 났고, 승전 소식을 들을 때만 해도 얼마나 기뻤던가.
또한 리스네가 죽음을 맞이했기에 이제야 시드도 마음 편히 지낼 수 있을 것이라 믿었는데…….
이런 끔찍한 비극이 기다릴 줄이야.
"다시 돌아올 수 있는 방법은요?"
메리아가 프리야의 팔을 붙잡으며 간절히 물었다.
이대로라면 시드는 대륙 전체의 적이 되어 죽음을 피할 수 없을 것이다.
더불어 그사이 시드의 육체로 수많은 목숨이 사라질 테고.
그럴 수는 없었다. 무슨 수를 써서라도 막아야 했다.
하나 프리야는 비통한 표정으로 고개를 저을 뿐이었다.
"악마에게 지배당한 이상 다시 돌아올 확률은 없다더구나."
"그래도… 그래도……."
메리아가 입술을 잘근 깨물었다.
"벨케는 어떤가? 얘기를 들어봐야겠네."
바에튼이 감겨 있던 두 눈을 힘겹게 뜨며 말했다.
"벨케님은 지금 치료를 받고 계십니다."
스르륵!

“이봐, 들, 나 여기 있어.”

“벨케님?”

“아저씨?”

“벨케, 팔은 어떤가?”

그때 문이 열리더니 벨케가 에스와 함께 나타났다.

“아앙? 당장은 움직이기 힘들지만 괜찮아. 시드 그놈이 잘 찢어놔서 말이야.”

“벨케……”

곁에 메리아가 있다는 사실을 인식한 에스가 조용히 그를 불렀다.

그러자 벨케는 메리아의 곁에 앉으며 머리카락을 쓰다듬어 줬고, 메리아는 벨케의 품에 안겼다.

그토록 시드가 무사히 돌아오기만을 바랐는데, 가슴 아팠다.

“어찌 된 일인가? 얘기해 보게.”

“그게 말이지……”

벨케는 분명 시드의 심장을 터뜨렸다. 한데 놀랍게도 시드는 멀쩡하게 서서 자신을 쳐다보며 히죽거렸다.

터지기 직전 악마가 시드의 정신을 지배했고, 어둠의 기운으로 그 폭발을 잠재시킨 것이다.

벨케는 믿을 수가 없었다. 자신은 마탈 급 상급이었다.

그 힘을, 그것도 내부에서 막을 수 있다는 말인가? 아무리 압도적인 차이가 난다 할지라도……

그러나 눈앞에서 펼쳐진 현실이었고, 그 순간 시드가 순식간에 접근했다.

찌이익!

팔이 뜯어지는 소리와 함께 벨케는 헛웃음이 새어 나왔다. 시드가 마치 죽음 그 자체처럼 느껴졌다.

그리고 머리를 붙잡혔는데, 뇌에 엄청난 충격이 전해지더니 의식을 잃고 말았다.

"자네조차… 상대가 되지 않았다고……?"

바에튼이 경악을 금치 못했다. 그것은 모두가 마찬가지였다.

벨케가 진 것은 알았지만 그토록 일방적일 줄은 예측하지 못했던 것이다.

도대체 시드의 몸을 장악한 악마의 힘은 어느 정도이기에 벨케가 손 한 번 쓰지 못했단 말인가.

"비교를 하자면 메리아와 지금 나의 차이라고나 할까?"

"그 정도야?"

에스가 쉽게 와 닿지 못하며 되물었다.

벨케는 대륙을 통틀어 가장 강한 존재였다.

설령 소울 급이 현존한다 할지라도 그렇게까지는 차이가 나지 않을 터였다.

벨케와 메리아의 차이라면, 메리아 천 명이 동시에 덤벼들어도 이길 수 없다.

"현재 시드를 지배하고 있는 악마는 소울 급이라 할지라도 정면 승부는 불가능할 것이다.”

소울 급을 대면한 적은 없었다.

단지 전설 속의 기록으로만 어느 정도인지 추측할 뿐이며, 그 기록 역시 과장되고 부풀려졌을 것이다.

하지만 그 기록 모두를 진실이라 믿어도 현재의 시드는 그 이상을 할 수 있다고 벨케는 확신했다.

“일단 발라스에 사실을 전하겠네.”

바에튼이 비틀거리며 일어섰다.

어쩌면 대륙 자체가 피에 젖게 될지도 모르는 상황이었다.

한시라도 급히 발라스와 이에 대한 해결책을 찾아내야 했다.

‘오빠…….’

메리아는 두 눈을 질끈 감으며 어디에 있는지도 모르는 시드를 떠올리고 떠올렸다.

“으, 으아악!”

콰지직!

리샤르의 한 거리에서 비명이 터져 나왔다.

거리는 진득한 피비린내로 가득했으며, 그 중심에는 전신이 온통 피로 뒤덮인 남자가 서 있었다.

그는 바로 시드였다.

우드득우드득.

시드는 방금 죽인 인간의 팔을 찢어 뼈째로 씹기 시작했다.

"이 맛이지."

피가 묻은 입술을 혀로 핥으며 시드는 전신을 부르르 떨었다.

오랜 시간 봉인되어 있었다. 깨어나서는 고작 인간 소년한
테 패해 잠들어 살아야 했다. 하지만 이제는 달랐다.

그 육체는 비로소 자신의 것이 됐으며 악마의 피와 함께 예전
의 힘을 회복했다. 또한 인육을 씹고 뼈를 뜯으며 피를 마신다.

자신은 진정 깨어났다.

'아쉬운 점이 있다면 힘이 완벽하게 회복되지 않은 것이지
만.'

악마의 피로 인해 어느 정도 되찾았지만 아직은 70% 정도였
다.

단, 현재 상태에서도 얼마든지 인간 세계를 파멸시킬 수 있
을 듯했다.

그 시절 자신을 봉인했던 인간만큼 강인한 힘은 느껴지지
않았던 것이다.

콰아아앙!

시드의 주먹이 한 건물을 후려치자 폭발과 함께 윗부분이
사라졌다.

"어, 엄마."

"도, 도망치렴. 어서!"

그곳에는 모녀가 숨어 있었는데 시드는 군침을 삼켰다.

인간은 여자가 맛있고 어릴수록 더 좋았다.

덥석!

"으아, 으아악!"

자신의 어머니의 얘기에 따라 다급히 뛰어가려던 여자 아이가 시드의 손에 붙잡히자 비명을 질러댔다.

"놔! 내 딸을 놓으라고! 제발!! 이 악마!!"

"그래, 나는 악마야."

여자가 다리를 두들겨 패고 물자 시드는 고개를 가까이 갖다 대더니 동의했다.

그와 함께 여자의 목에서는 피 분수가 솟구쳤다.

털썩.

시드의 손에 의해 잘린 여자의 머리가 아이의 옆으로 떨어져 데굴데굴 굴렀다.

어린 소녀는 멍하니 그 광경을 지켜보다 의식을 잃으며 축 늘어졌고, 시드는 망설임없이 살아 있는 소녀의 팔을 한입 베어 물었다.

"역시… 좋군."

시드는 만족스러운 미소를 지으며 게걸스럽게 뜯어 먹기 시작했다.

                *   *   *

"우려했던 일이……."

소식을 접한 안데라스가 짧게 기도를 했다.

마르트, 발라스 연합의 회의실인 이곳에는 안데라스와 추기

경에 복귀한 카네치를 포함, 셋의 추기경이 오른쪽에 앉아 있
었다.

왼쪽에는 바에튼과 시란, 벨케와 에스, 프리야, 메리아가 참
석한 상태였다.

"좋은 방법이 없겠습니까?"

"이미 부활한 이상 다른 방법은 없겠지요."

바에튼의 간절함을 알지만 안데라스는 어쩔 수 없다는 듯이
대답했다.

시드는 전쟁에서도 큰 역할을 했고, 몇 번 만나며 자신 역시
호감이 든 아이였다.

하지만 이제는 늦었다.

"정말 없을까요?"

메리아가 작은 목소리로 중얼거리자 그 누구도 대답할 수
없었다.

메리아 역시 그들의 심경을 잘 알기에 더 이상은 아무런 말
을 하지 않았다.

"죽이는 것만이 길이라 할지라도 과연 그럴 수 있느냐가 문
제지."

벨케가 넌지시 말을 던졌다.

현실적인 발언이었다. 그조차도 상대가 되지 않는 지금 과
연 누가 악마가 된 시드를 막을 수 있다 말인가.

"혹시 그거라면……?"

"그렇군. 그게 있었지."

카네치가 쳐다보며 묻자 안데라스는 무언가 떠오른 듯 손뼉을 쳤다.

"그게 무엇입니까?"

"오랫동안 교황청에서 지켜온 천사의 눈물입니다."

"천사의 눈물이라 하면……?"

바에튼의 궁금증을 카네치가 해소시켜 줬다.

그러자 들어본 적이 있는 에스가 되물었고, 카네치가 자세히 설명했다.

"과거 지금 부활한 악마가 봉인된 이후의 일입니다. 교황청에 빛에 휘감긴 천사가 나타났습니다. 천사는 악마가 저지른 끔찍한 만행에 슬퍼하며 눈물을 흘렸는데, 만약 악마가 부활한다면 이 눈물을 악마한테 닿게 하라는 말과 함께 사라졌다고 합니다. 그때가 되면 눈물의 인연이 나타나고 눈물이 변하게 될 것이라면서."

"그 눈물이 아직 있다는 건가?"

카네치는 벨케를 향해 고개를 끄덕였다.

"그 눈물은 투명한 물과 같았는데, 젤리와 같은 감촉이며 만져진다고 하네. 그래서 교황청 지하 신전에서 아직도 보존하고 있다네."

"아무나 눈물을 잡을 수 있나?"

"그렇다네. 다만 아무런 변화가 없었던 것으로 기록되어 있네. 지금도 마찬가지고."

벨케는 한숨을 내쉬었다.

악마가 나타난 상황에 천사라고 왜 못 믿겠는가.

다만 한시가 급한 이 상황에서 눈물의 인연을 어떻게 찾을지 난감했다.

얼굴에 눈물의 인연이라 써서 다니는 것도 아닐 테고 말이다.

"혹시 시도해 보시지 않겠습니까?"

카네치가 바에튼을 비롯해 모두를 둘러보며 얘기했다.

"우리가?"

"그렇다네. 악마가 부활하면 인연이 나타난다고 기록돼 있네. 그렇다면 시드의 인연과 관련이 있지 않을까?"

그럴 법한 추측이었다.

"좋아, 해보지."

벨케가 자리에서 일어섰다.

어차피 밑져야 본전이었으며, 희망이 있다면 그 무엇이라도 시도를 해봐야 했다.

비록 그게 시드의 최후가 된다 할지라도 시드 역시 그러기를 바랄 테니까.

곧 카네치의 안내를 받으며 모두는 지하 신전으로 내려갔다.

"아무런 변화가 없군."

벨케가 실망스러운 목소리로 투덜거렸다.

카네치의 말처럼 눈물은 콩알만 한 크기였는데 투명했으며 젤리 같은 감촉이었다.

하지만 바에튼과 시란, 프리야와 자신까지 시도했으나 인연이 아닌 듯했다.

"내 차례네."

에스가 짧게 숨을 내쉬더니 천천히 눈물에 손을 갖다 댔다.

"아니야."

고개를 젓는 그녀의 목소리에는 실망감이 담겨 있었다.

"제가 만져 볼게요."

시드의 생각에 아직도 눈동자가 젖어 있는 메리아가 천사의 눈물에 다가가 손을 뻗었다.

그러자 놀라운 일이 발생했다.

번쩌억!

메리아의 손길이 닿자마자 천사의 눈물에서 강렬한 빛이 터져 나온 것이다.

"메리아가… 인연이었어."

"앞이 보이지가 않아!"

프리야와 에스의 목소리를 들으며 벨케는 무슨 일이 일어나는지 확인하기 위해 마나를 눈으로 이동했다.

하나 빛줄기는 더욱 거세졌고, 결국 벨케조차 두 눈을 감은 채 등을 돌렸다.

그 와중에 메리아는 한 여인을 보고 있었다.

"천사?"

메리아가 작은 목소리로 중얼거리자 모두는 귀에 신경을 집중했다. 다행스럽게도 소리는 들을 수 있었다.

새하얀 빛무리에 휘감겨 있는 여자였다.

등에는 날개가 달려 있었으며, 보기만 해도 성스러움이 느껴졌다.

"아이야."

입은 움직이지 않았는데 천사의 목소리가 전해졌다.

"인연의 아이야."

"네."

"울지 말아라. 울지 말아라."

따스한 기운이 전해져서일까. 메리아는 꾹 참고 있던 슬픔이 복받쳐 올라왔다.

"나의 눈물이 필요한 것이냐?"

"네."

"너에게 소중한 사람이겠지?"

"맞아요."

"그도 죽게 된단다."

맺혀 있던 눈물이 볼을 타고 떨어져 내렸다.

"그래도… 그래도… 원해요."

메리아의 목소리가 부들부들 떨렸다.

"진짜… 오빠가 죽게 된다 할지라도… 원해야만 해요. 다시는 오빠를 볼 수 없게 될지라도 원해야만 해요. 죽을 것처럼 싫어도 저는 원해야만 해요. 오빠 울고 있을 테니까. 오빠… 구해줘야 되니까."

"인연의 아이야, 나의 눈물을 가져가거라. 그리고 세상을… 그를 구해라."

사아악!

그 말과 함께 천사와 빛무리가 순식간에 사라졌으며, 천사의 눈물은 변화를 일으키기 시작했다.

콩알만 한 크기의 고체에서 살아 움직이는 푸른빛의 액체가 되어 메리아의 오른손 주위를 맴돌았다.

"으흑, 으읍……."

하지만 천사의 눈물을 얻었다는 기쁨도 느끼지 못한 채 메리아는 결국 주저앉아 울부짖었다.

"호오, 이게 누구신가?"

한 여인의 허벅지를 씹고 있던 시드가 실소를 흘리며 고개를 들었다.

"팔도 쓰지 못하는 상태에서 다시 오셨다?"

"팔 하나가 남았으니깐."

"잠든 놈을 위한 배려는 끝났다. 알고 있겠지?"

벨케는 긴장을 늦추지 않으며 시드를 내려다봤다.

그런 벨케의 뒤에는 스로우와 프리야, 에밀레, 메리아, 발라스의 카네치와 두 명의 추기경, 이슈가 있었다.

지금의 시드는 인원으로 밀어붙여 봐야 사상자만 늘어날 뿐이었다.

그렇기에 소수라 할지라도 마탈 급의 실력자들만이 모여 찾아오게 된 것이었다.

카네치와 추기경 한 명은 아직 마탈 급의 벽을 넘지 못했지만 신관은 악마에게 더 큰 데미지를 주기에 마탈 급의 효율과 다름없었다.

또한 에스가 함께 간다 했지만 거절했다.

에스는 마녀였다. 신관들의 신성력은 에스에게도 악영향을 미쳤다.

'어떻게든……'

벨케는 숨을 길게 내쉬었다.

마탈 급 여섯에 두 명의 마탈 급을 목전에 둔 라탈 급이었 다.

이 정도 전력이라면 세상 그 누구 앞에서도 두려울 것이 없 으나 악마가 된 시드 앞에서는 아니었다.

그렇기에 메리아를 제외한 모두는 싸우기보다는 기회를 만 들어주는 데 최선을 다할 것이다.

천사의 눈물이 맺힌 손이 시드한테 닿게 할 수 있도록 말이 다.

"죽고 싶다면 받아주지. 크큭."

시드는 씹다가 만 다리를 집어던지며 자리에서 일어섰다. 그 광경에 메리아는 숨이 막힐 것처럼 가슴이 아파왔다.

너무나 끔찍한 광경인데 슬픔만이 감정을 지배했다.

"호오, 사랑하는 연인을 먹으면 어떤 맛일까."

시드가 군침을 삼키며 메리아에게 시선을 던졌다.

시드의 기억이 악마에게도 남아 있었기에 누구인지, 어떤 관계인지 알 수 있었다.

한데 그런 시드의 얼굴이 찌푸려졌다. 메리아의 등 뒤에서 기분 나쁜 기운이 느껴진 탓이다.

"네년, 뭘 숨기고 있는 것이냐?"

시드가 차가운 음성으로 묻자 메리아는 움찔했고, 벨케가 그 앞을 막아섰다.

"우리부터 상대하는 게 어때?"

벨케가 칼을 꺼내며 마나를 끌어올리자 시드는 잠시 메리아를 쳐다보다가 시선을 뗐다.

그 무엇도 자신을 쓰러뜨릴 수 없었기에 저들과 놀아줄 마음이 들었던 것이다.

단, 잠시이지만 불쾌하게 만든 것은 용서할 수 없었다.

스으윽.

"호오, 이게 뭐지?"

"허어."

벨케는 저도 모르게 신음을 흘렸다.

시드가 시야에서 사라진다고 느낀 순간 어느새 메리아의 등 뒤에 나타났다.

"뭐… 손 하나 덜 먹는 것은 아쉽지만."

"아, 안 돼!"

벨케가 다급히 마나를 폭발시키며 몸을 날렸다.

하나 그가 시드에게 닿기 전 이미 천사의 눈물이 맺혀 있던 메리아의 손은 바닥을 뒹굴었다.

"아아… 아아아……"

메리아는 손이 잘려 나간 손목을 부여잡은 채 신음을 흘렸
다.

"이런……."

"자, 비장의 카드도 없어졌는데 이제 나와 어떻게 놀아줄 것
이지?"

"모, 모두… 커억!"

피하라는 명을 내리려던 벨케는 순식간에 날아오는 시드의
주먹에 맞아 코에서 피를 흘리며 나가떨어졌다.

"어떻게… 놀아줄 거냐고!"

파아앗!

시드가 고함을 지르자 그의 전신에서 경악할 수준의 어둠의
기운이 터져 나왔다.

카네치와 이슈, 두 추기경이 서둘러 신성력을 최대치로 끌
어올려 기운을 정화시키고는 있었지만 모두의 표정은 일그러
져 갔다.

"이, 이런 괴물이……."

이슈는 지금 펼쳐지는 상황을 믿을 수가 없었다.

그 전설에 근접한 자라 불리는 벨라케가 일격에 쓰러지고,
기운만으로 마탈 급인 자신의 입에서 피를 토하게 하고 있었
다.

"마, 말도 안 돼."

악마가 된 시드와 처음으로 접하는 에밀레는 온몸을 부들부
들 떨었다.

살아오면서 이토록 무섭고 두려웠던 적이 있을까?

단지 마주 보기만 해도 오금이 저릴 지경이었다.

'코뼈가 부러졌군.'

벨케가 흐르는 피를 닦으며 자리에서 일어섰다. 그와 함께 무언가를 발견했다.

바로 메리아의 잘려 나간 손에 아직도 천사의 눈물이 감겨져 있었다.

"메리아, 정신 차려라! 우리만이 시드를… 구할 수 있어!"

손목이 잘려 나가고 어둠의 기운에 짓눌려 제정신이 아닐 지경까지 갔던 메리아는 시드란 이름에서 정신을 차리며 벨케를 쳐다봤다.

악마도, 누구도 신경 쓰지 않는 것을 보니 자신한테만 들을 수 있도록 말하는 것이었다.

"너의 손을 봐라. 아직 우리에게는 희망이 있다."

그때야 고개를 돌려 자신의 손을 바라보며 천사의 눈물을 발견한 메리아.

하나 시드의 기운으로 인해 일어서기도 힘든 지경이었다.

그뿐만 아니라 다른 이들에 비해 실력이 한참 부족한 그녀는 입은 물론 코와 귀에서도 출혈을 일으키고 있었다.

"메리아, 시드를 구해내자."

벨케는 그 말과 함께 모두한테 천사의 눈물에 대한 희망을 전했고, 마나를 최대치로 끌어올리며 시드를 향해 파고들었다.

“즐거웠다.”

5분이라도 흘렀을까.

메리아를 제외한 전원이 피투성이가 되어 바닥을 뒹굴었다.

“하, 하하! 이거 안 되겠는걸.”

이슈가 절망을 느끼며 투덜거렸다.

“쳇, 아직 하고 싶은 것도 많은데.”

에밀레가 씁쓸히 웃음을 흘렸다.

원래라면 계획을 성사시키기 어렵다고 판단되면 이동 주문서를 찢어 피하기로 했었다.

하지만 놀랍게도 악마가 된 시드는 고대의 주문까지 쓸 수 있었으며, 이 근방은 모두 결계 안이었다.

즉, 달아날 수도 없으며 죽음만을 기다려야 한다는 뜻이었다.

‘이렇게 끝나는 건가.’

벨케는 주먹을 불끈 쥐며 몸을 일으키려고 했다. 그러나 마나는 물론 일어설 힘이 한 줌도 남지 않았다.

한데 시드는 조금도 지쳐 보이지 않았다.

현재 시드에게 있어 자신들과의 5분이란 잠시 어린아이들과 장난을 친 것과 다름없는 수준이었다.

“이제… 잘 먹겠습니다!”

시드가 에밀레의 곁에 다가오더니 입을 쩍 벌렸다.

저항할 기운조차 남지 않은 에밀레가 두 눈을 질끈 감는 순간이었다.

"이야아!"

메리아가 고함을 지르며 시드에게로 달려들었다.

하지만 시드는 여유롭게 그런 그녀를 피하며 다리를 걸었고, 메리아는 벨케의 품으로 넘어졌다.

털썩!

그와 함께 왼손에 쥐고 있던 오른손이 땅에 떨어졌다.

"이 계집이……!"

시드의 입꼬리가 올라갔다.

차르면서 안심했는데, 잘려진 손에는 여전히 불쾌한 기운이 서려 있었다.

"네년 먼저 죽여야겠구나."

시드가 천사의 눈물이 맺힌 손을 자신의 뒤로 발길질한 뒤에 메리아한테 접근했다.

"시드 오빠……."

유일한 희망조차 사라진 상황. 메리아는 자신에게 접근하는 시드를 바라보며 불렀다.

"오빠, 오빠……."

울먹거리는 그녀의 목소리는 점점 절규로 바뀌었다.

하나 시드를 장악하고 있는 악마는 아무렇지 않은 듯해 보였고, 곧 메리아의 심장을 노리며 손을 뻗었다.

"오빠… 오빠!!"

"크흑! 이, 이놈이!"

그때였다. 시드의 상태가 이상했다.

손은 메리아의 살점을 조금 파고든 상태였는데, 괴로운 듯 신음을 흘리며 온몸을 부들부들 떨고 있었다.

"감히… 감히! 으아악!!"

시드는 마치 공격을 당한 것처럼 비명을 지르며 뒤로 나가떨어졌다.

그리고 다시 천천히 몸을 일으켰는데, 검게 변했던 시드의 두 눈이 흐릿하게 돌아와 있었다.

"오빠?"

"하아, 하아……!"

시드는 양 주먹을 꽉 쥐고 괴로워하며 메리아가 불러도 대답을 하지 못하고 있었다.

그때 벨케가 다급히 메리아에게 외쳤다.

"메리아! 지금이다! 어서 손을!"

"네, 네……."

메리아가 다급히 몸을 일으켜 손을 향해 뛰었다.

"안 돼. 으윽! 거참, 가만있어라, 좀!"

시드의 입을 통해 악마와 시드의 목소리가 번갈아 흘러나왔다.

"오빠……."

손을 집은 메리아가 시드를 구슬피 불렀다.

"메리아."

시드는 메리아를 돌아보며 희미하게 웃었다.

어둠 속, 깊고 깊은 어둠 속. 모든 것이 귀찮고 이대로 쉬고 있기만을 바라고 있을 때, 들렸다.

간절한 메리아의 부름이.

"오빠… 나……."

"으윽! 메리아… 부탁해. 어서……!"

시드가 자꾸만 지배하려는 악마를 힘겹게 제어하며 얘기했다.

일순간 역으로 악마의 정신을 억누르고 있지만 곧 한계가 도달한다는 사실을 잘 알고 있었다.

"오빠… 오빠……."

메리아는 시드를 향해 무거운 발걸음을 뗐다. 한 걸음을 뗄 때마다 눈물이 땅에 떨어졌다.

"메리아… 너는 웃는 게 예뻐."

땀범벅이 된 시드가 애써 웃으며 다가온 메리아의 머리카락을 쓰다듬었다.

그런 시드의 두 눈동자에는 슬픔과 미안함이 맺혀 흘렀다.

"사랑해."

그 말과 함께 메리아는 힘겹게, 정말 힘겹게 환히 미소 지었다.

시드가 웃기를 바라니까, 웃는 게 예쁘다 했으니까…….

"나도… 사랑해……."

메리아는 울음을 터뜨리며 천사의 눈물을 시드의 가슴에 갖다 댔다.

"으하하!"
"으하하!"
"샹! 어서 불러오라니깐요!"
"아니, 이보게! 체면이 있지 않은가! 멱살을 좀 놓고 말하게!"
"내가 지금 멱살을 놓게 생겼습니까?"
"아니, 이름도 모르면서 어찌 찾아달라는 말인가!"
시드는 반박할 말이 없자 난감해졌다.
메리아의 손이 닿음과 함께 눈을 떠보니 낯익은 풍경이 펼쳐졌다.
바로 사후 세계였다. 어떤 세계에서 죽어도 이리로 연결되는지, 혹은 자신은 특별한 경우라 다시 온 것인지는 관심없었다.
오로지 그때 자신을 엿 먹인 사자만이 머릿속에 떠올랐다.
그리고 시드는 자신의 차례가 오자 이를 갈면서 요구했다. 전에 자신을 맡았던 사자를 불러달라고.
한데 그의 말처럼 이름을 모르고 생김새를 설명하니 그런 얼굴이 한둘이 아니라 하니 답답할 노릇이었다.
"아! 모릅니다! 그 사자님을 데리고 오기 전까진 전 어디도 못 갑니다!"

"뭐, 이런 놈이!"

사자는 어이가 없어 두 번 죽을 지경이었다.

도대체 그 어떤 인간이 죽은 사실을 곧바로 인지하고 저승 사자한테 대든다는 말인가?

"잠깐, 네놈 혹시 기억을 가지고 환생했던 것이냐?"

시드의 발언과 태도로 인해 이상함을 알아차린 사자가 묻자 시드는 시큰둥하게 대답했다.

"거참, 그게 무슨 상관이슈? 어서 불러오기나 하슈!"

'아흑! 내 이놈을 그냥!'

사자는 고혈압이 뻗쳤지만 꾹 눌러 참았다.

얼마 전에 말끝마다 대꾸하는 놈이 있어 두들겨 팼다가 징계를 받았고, 같은 사자인 사촌형님에게 혼이 났기 때문이다.

'참자, 참자.'

사자는 이를 갈며 시드를 노려보는 순간 뒤에서 반가운 목소리가 들렸다.

"무슨 일이냐?"

"아이구, 형님. 저놈이 글쎄!"

그는 서러운 얼굴로 자신의 사촌형인 사자에게 사정을 설명하고는 어찌 처리해야 될지를 물었다.

그때 사촌형인 사자와 시드의 두 눈이 마주쳤는데, 시드의 전신에서 살기가 뻗어 나왔다.

"이야, 사자님. 오랜만이십니다?"

"응? 누구지?"

"으하하! 기억이 안 나십니까? 로또 1등 먹은 저를 실수로 죽여서 환생시켜 주지 않으셨습니까?"

"로또 1등? 환생? 컥!"

사자는 저도 모르게 신음을 흘렸다.

워낙 특이한 경우였기에 기억하고 있었다.

"잠깐, 네놈, 기억을 지우지 않았었냐?"

사자는 망연자실한 표정이 됐다.

실수로 사람을 죽인 죄를 무마하기 위해 환생을 시켜줬는데 기억을 지우지 않았다니? 그 또한 중죄감이나 다름없었다.

시드가 170만 번째란 사실조차 모르는 사자였다.

"사자님!"

"뭐, 뭐냐?"

찔리는 게 있는 사자는 시드가 노려보자 움찔하며 되물었다.

"그때 분명 저와 약속하지 않았습니까?"

"뭐, 뭐를 말이냐?"

시드는 잠시 두 눈을 감으며 기억을 되돌렸다가 폭풍처럼 나열했다.

"부유한 집안! 얼굴은 꽃미남! 강력한 신체! 그리고 내공! 분명히 경고드렸죠! 억울하게 죽는다면 기필코 다시 찾아오겠다고!"

"힘이 없어 억울하게 죽을 때 찾아온다 하지 않았냐! 또한 다 들어줬다!"

"결과적으로 억울하게 죽은 게 중요한 것 아닙니까!"

사자가 반박하자 시드는 눈에 핏대까지 세우며 받아쳤다.

"아, 예! 들어주셨죠! 그래서 3일 만에 거지 팔자가 되게 하시고, 온갖 고생만 하다 악마가 되어 죽게 하십니까!"

"나는 처음의 길만 정해줄 뿐, 그 후 운명까지는 관장하지 않아!"

"알겠습니다! 아우, 멋지시네요!"

짝짝짝!

박수까지 치며 비꼬는 시드. 곧 시드는 비장의 무기를 꺼내 들었다.

"알겠습니다! 저는 곧장 염라대왕님에게 가서 이 모든 사실을 고하겠습니다!"

사자의 안색이 급 일그러졌다.

아무리 친척이라 할지라도 실수로 죽이고, 허락없이 환생시켰으며, 기억까지 지우지 않았다는 사실이 발각된다면…….

부르르!

생각만 해도 치가 떨렸다.

결국 사자는 애써 온화한 미소를 지으며 시드에게 항복을 선언했다.

"알겠다. 네가 원하는 것이 뭐냐?"

“으하하! 이제야 귓구멍이 트이셨나 보군요.”

‘이 쌍놈을 그냥!’

속에서 부글부글 끓어올랐지만 염라대왕으로 인해 표정 관리가 익숙한 그였다.

염라대왕은 두들겨 팰 때도 인상을 찌푸리면 더 팬다.

그래서 죽을 것 같이 아파도 언제나 웃으며 아부해 온 위대한 삶이었다.

이 정도는 얼마든지 속으로 욕하면서 웃어줄 수 있었다.

“저도 양심이 있는 놈이니 바라는 것은 별것없습니다.”

“그래, 그래.”

내심 안도하는 그때 시드는 쏜살같이 말문을 열었다.

“제가 조금 전 죽은 생에서 환생을 원합니다. 당연히 꽃미남은 기본이며, 내공과 강인한 육체는 기본입니다! 그뿐 아니라 기필코 오.랫.동.안. 부자인 집에 태어나야 합니다!”

“참 양심있는 놈이구나.”

“으하하! 알면 됐습니다!”

사자는 한숨을 내쉬며 고개를 끄덕였다.

어쨌든 자신이 실수로 죽인 것은 맞고, 또한 일부러 골탕을 먹이려고 망하기 3일 전에 부잣집에 태어나게 한 것도 사실이었다.

그 빚을 마지막으로 갚는다고 생각하며 부채를 가져왔다.

“단, 마지막이다!”

“염려 마십시오! 사자님만 약속을 지키시면 저도 이러는 놈

아닙니다?"

'충분히 그럴 놈 같아!'

사자는 더 이상 보고 싶지도 않은 듯 서둘러 부채를 휘둘렀다.

곧 파초선을 휘두른 것처럼 강렬한 바람과 함께 시드의 신형은 하늘 높이 솟구쳤다.

"잠깐, 내가 저놈의 기억을 지웠던가?"

15년 사이 2만 건이 추가돼 172만 번째 기억을 지우지 않고 환생시킨 그였다.

시드가 떠난 지 10년의 시간이 흘렀다.

그동안 크라운의 이들에게는 변화가 있었는데, 공개적으로 마르트의 한 축이 된 것이다.

먼저 에스와 프리야는 장로가 됐다.

둘의 실력과 경험을 높이 평가한 바에튼이 제안을 했고, 벨케의 적극 추천으로 프리야가 받아들이자 에스도 수락하게 됐다.

스로우를 비롯한 벨트라와 배커스는 왕궁 수비대에서 활약하고 있었고, 그중 스로우는 단장의 자리에 있었다.

스피네와 아이니는 에스의 직속 마법 부대에 속해 있었으며, 스크푸는 궁수 부대에서 부단장이었다.

더불어 전 시멘 용병단 모두 라탈 급을 이뤄낸 상태였다.

블스의 첩보 부대 역시 왕궁에 입성했는데, 황제의 직속부대로, 기존의 역할을 하면서도 내부 감시를 맡고 있었다.

파레토는 왕궁 수석 대장장이가 됐으며, 리샤르에 있던 바실은 벨트라의 간곡한 부탁으로 인해 아이들을 모두 데리고 넘어와 마르트 왕궁 근처에서 새로운 고아원을 열었다.

25살이 된 샤인은 이제 어느덧 말을 할 수 있게 됐지만 그 외에는 예전과 별 차이점이 존재하지 않았다.

벨케는 세상을 더 돌아보겠다며 여행을 떠났지만 모두는 알고 있었다.

단지 자꾸 작위를 받으라 하는 바에튼이 귀찮아서 피하기 위해서라는 것을.

라인은 자신의 양아버지인 철없는 벨케가 사고를 치지 못하게 감시한다며 함께 다녔다.

그리고 우드는 1, 2년 동안 같이 지내다 바다로 돌아갔으며, 한 달에 한 번 정도 꼴로 왕국에 놀러 왔다.

마지막으로 메리아는 시드가 떠난 이후 한 번도 웃지도 않았고 말도 거의 하지 않았다.

마치 영혼이 빠져나간 인형처럼 하루하루를 슬픔에서 헤어나오지 못한 채 살아갔다.

그 모습을 보다 못한 시란이 자꾸 시집가는 게 좋지 않겠냐는 바에튼의 잔소리를 피해 타 왕국에 공부를 하러 갈 때 그녀를 데리고 갔다.

그 후 시간이 많이 흐르면서 메리아는 조금씩 예전의 모습을 되찾아갔는데, 시란이 마르트로 올 때 그녀는 함께 오지 않왔다.

아직 더 세상을 돌아다니며 배우고 싶다는 뜻과 함께.

그렇게 10년이 된 어느 날이었다.

히죽히죽!

"왜, 왜들 그러세요?"

8년 만에 마르트로 돌아온 메리아는 움찔하며 뒤로 물러섰다.

자신의 환영 파티를 위해 모두가 참석해 있었는데, 하나 되어 짓궂은 표정으로 웃고 있었기 때문이다.

"메리아, 정원에 가봐."

"정원요?"

"가면 알아."

39살이 된 지금도 결혼을 하지 않고 몸이 약해진 바에튼을 대신해 마르트를 이끌고 있는 시란의 말에 메리아는 의아했지만 이유가 있을 것이라 믿으며 정원으로 나갔다.

사아아!

시원한 바람이 불자 꽃향기가 사방에서 퍼졌다.

"선물일까?"

메리아는 고개를 갸웃거리며 주위를 두리번거렸다. 가면 안다고 했는데 특별한 무언가가 눈에 띄지 않았다.

그때였다. 등 뒤에서 누군가의 목소리가 들림과 함께 메리아는 자신의 귀를 의심했다.

"더욱 예뻐졌구나."

낯익은 목소리. 절대 잊어지지도, 잊고 싶지도 않은 목소리.

"10년 만이네. 너무 늦게 온 것 아냐? 나는 5년 전부터 와서 기다렸는데. 뭐, 메리아가 돌아오기 전까진 비밀로 해달라고 했으니 내 책임도 있는 건가?"

메리아가 천천히 고개를 돌렸다.

있을 수 없는 일이었다. 분명 그때 자신의 손으로…….

하나 눈동자에 맺힌 눈물이 누구인지를 말해주고 있었다.

"오빠?"

"메리아는 웃는 게 예뻐. 웃어요."

"오빠? 시드… 오빠……?"

메리아는 두 손으로 입을 가렸다.

고아원에서 처음 만났을 때의 모습을 한 시드가 자신을 바라보며 환하게 웃고 있었다.

"어떻게… 어떻게……?"

"일단은 안기는 게 먼저 아냐? 나는 그러고 싶은데."

"오빠! 시드 오빠!"

시드가 팔을 벌리며 말하자 메리아는 눈물을 참지 못하며 그의 품에 달려가 안겼다.

이게 꿈이라면 절대 깨지 않기를 바라며.

"와, 진짜?"

"그럼. 그래서 다시 기억을 가지고 환생했지."

“그런 세계가 정말 있구나. 생김새랑 목소리도 똑같아.”

“아, 그건… 다르게 태어났는데 에스님에게 부탁해서 그때의 나의 모습을 유지하고 있어.”

“부모님들은 안 놀라시고?”

“그 사자, 이번에는 인심 썼더군. 5년 뒤에 거지가 됐어! 뭐, 곧바로 왕궁에 찾아와서 살았기에 지장은 없었지만. 그래도 나중에 죽으면 또 따져야지!”

“사자님 오빠한테 감정 있는 거 아냐? 벨케 아저씨 같아. 헤헤, 한데 다들 믿어줬어?”

“처음에는 미친놈처럼 쳐다보다가 과거 나의 검술과 마나 호흡법, 추억들을 얘기해 주니 믿어주더라고.”

“왜 연락 안 했어. 미워!”

“으하하! 모르고 만나는 게 더 기쁘지 않을까 해서. 또……”

“또?”

“너무 보고 싶었는데, 조금 더 커서 만나고 싶은 마음도 있었어. 난 이제 열 살이니까.”

“그래도 오빠는 나이보다 심하게 늙어 보여서 나랑 또래로 보이잖아. 또 내가 동안이기도 하니까.”

“메리아, 거참 고마운 발언이구나?”

“헤헤, 농담이야. 오빠.”

“응?”

“보고 싶었어.”

“메리아.”
“응?”
“사랑해.”
“나도… 사랑해.”

『시드』완결

성진 게임 판타지 소설

The
LORD

더 로드

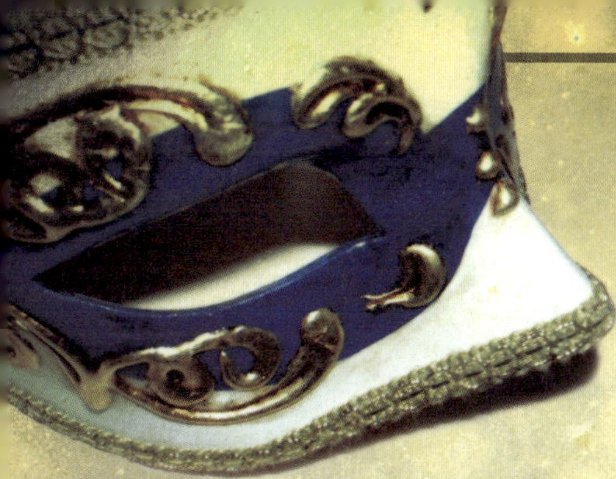

눈매 퓨전 판타지 소설

가면의 레온

**중원을 공포로 떨게 만든 희대의 악마, 혈마존.
그의 영혼이 기억을 잃은 채 차원 이동을 한다.**

한 소년과 몸이 바뀐 후 깨어난 혈마존.
기억은 지워지고 싸가지없는 본성만 남았다!
욱할 때마다 튀어나오는 살벌한 말투와 그의 독자 무공.

'아, 나는 왜 이렇게 성격이 더러운가?
어째서 이리도 잔인한 기술을 알고 있는 것인가? 착하게 살고 싶다.'

살인광이었던 그가 전혀 어울리지 않는 대신관이 되기로 결심한다.
하지만 그 본성이 어디 가나……

"이런 빌어 처먹을 놈들, 신전에서 봉사 활동 안 할래?"

WWW.chungeoram.com
Book Publishing CHUNGEORAM

임준욱 장편 소설

무적자

WITHOUT MERCY

그의 이름은 임화평(林和平)이다.
이름처럼 살기를 소망했고 그렇게 살아왔다.
그를 건드리지 말았어야 했다.
조용히 살게 놔두었어야 했다.

"너희들 실수한 거야.
내 세상의 중심,
내 평안의 근거를 깨뜨린 거다.
세상 전부와도 바꿀 수 없는……
알게 해주마, 너희들이 누구를 건드린 건지."

그의 고독한 여정이 시작되었다.

─오, 바라타족의 아들이여. 언제든지 정의가 무너지고 정의가 아닌 것이
판을 치는 때가 되면 나는 곧 나 자신을 나타내느니라.
올바른 자를 보호하기 위하여, 악한 자를 멸하기 위하여, 그리하여 정의를
다시 세우기 위하여, 나는 시대에서 시대로 태어난다.

〈바가바드기타 중에서〉

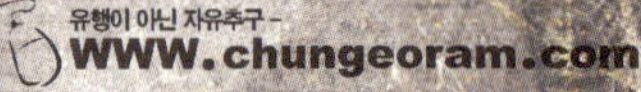